AF611766

BIBLIOTHÈQUE CHRÉTIENNE

DE L'ADOLESCENCE ET DU JEUNE AGE

Publiée avec approbation

de Monseigneur l'Evêque de Limoges.

Le son du cor avait annoncé notre arrivée.

HISTOIRE

DU

BRAVE LA HIRE

SCÈNES DU XIVe SIÈCLE

PAR

ARMAND DE SOLIGNAC.

> L'honneur est un diamant que la vertu porte au doigt.
>
> V.

LIMOGES
F. F. ARDANT FRÈRES,
rue des Taules.

PARIS
F. F. ARDANT FRÈRES,
25, quai des Augustins.

1863

INTRODUCTION.

La veille du sacre de Charles VII (16 juillet 1429), l'armée qui le conduisait triomphalement à Reims s'était arrêtée au pied d'un château nommé les *Sept-Saulx*, pour y bivouaquer et y attendre les députés de la ville. On avait dîné de bonne heure, et le soir, pendant que le roi avec sa maison s'établissait pour la nuit dans les appartements du château, que les douze mille routiers, tard-venus, tondeurs, écorcheurs, retondeurs et autres qui formaient l'escorte, dressaient leurs tentes dans la plaine, ou faisaient le pansage de leurs montures au bord du ruisseau voisin, les capitaines de ces bandes de soldats aventuriers, tous gentilshommes à grandes figures, à grand courage, à grande renommée, réunis après boire dans les jardins, sur la pelouse, au soleil couchant, goûtaient ensemble le plaisir d'une digestion régulière, et devisaient de la guerre passée et du prochain couronnement.

— Qui commandera le piquet d'escorte autour du roi? demanda tout-à-coup le bâtard de Bourbon, un des officiers les plus redoutés du temps.

— Le plus ancien capitaine, répondirent plusieurs voix.

— En ce cas, ce ne sera pas moi, dit en souriant une jolie tête brune soutenue par une armure d'acier, et entourée de cheveux flottants plus longs que ne les portent ordinairement les gens de guerre.

— Vaillante héroïne, reprit avec un accent espagnol le capitaine Rodrigue de Villaandrado, nous savons tous que si cette faveur se donne à l'âge, vous ne l'aurez pas, car vous avez à peine vingt ans; mais si elle se donnait au courage, nul n'oserait vous la disputer.

— Voilà qui est parlé comme il convient à un fils du Cid et de Chimène, s'écria en riant un beau jeune homme de trente ans, qu'à son air et à son costume on reconnaissait pour un seigneur de grande race; mais une pareille mission sera mieux remplie par votre voix sonore que par la parole douce d'une femme.

— Seigneur Dunois, repartit vivement Rodrigue sans cesser de plaisanter, vous vous trompez sur mon âge ; et quoique ma barbe grisonne un peu et que ma figure soit lézardée par quelques coups de sabre, je suis encore jeune. Demandez plutôt à Xaintrailles.

— Qui parle de moi? répondit d'une voix rauque un grand gaillard sec, aux cheveux noirs et au nez busqué, qui achevait de vider un verre; il me semble que j'ai entendu prononcer mon nom.

— On demande votre âge, s'empressa de dire Jeanne d'Arc en s'approchant.

— Les Gascons n'ont point d'âge, grommela le vieux routier ; puis se reprenant : après cela, dit-il, il est permis aux femmes d'être curieuses, et je serais enchanté, brave *chevalière*, de pouvoir vous contenter si je savais moi-même à quelle époque et en quel lieu je suis né ; mais je n'en sais rien, et je me suis toujours connu routier.

— Comment, repartit Dunois, vous ne connaissez pas vos parents?

— Mon cher brave, vous en penserez ce que vous voudrez, mais c'est comme je vous dis. La Hire, qui est là, pourra vous certifier le fait.

Un chevalier d'une taille moyenne, d'une belle

figure ouverte et joyeuse, à peine ridée par les fatigues de la guerre, et qu'on aurait pu prendre pour un jeune homme tant ses yeux étaient brillants encore et sa chevelure épaisse et d'un beau noir, s'interrompit alors de considérer le plan d'un nouvel engin de guerre, le canon de petit calibre récemment découvert, et qu'on soupçonnait déjà devoir modifier profondément les tactiques des batailles, et se plaçant au milieu du cercle formé par ses camarades :

— Poton a raison, dit-il; je me souviens du jour où ce brave cadet de Gascogne, encore enfant, vint s'incorporer aux grandes bandes; ce fut peu de temps avant la bataille d'Azincourt, où il combattit à mes côtés jusqu'au soir.

— Vous êtes donc son aîné, seigneur de Vignolles ? reprit Rodrigue.

— Assurément, messeigneurs; j'ai cinquante-deux ans à peu près.

— Alors vous être notre aîné à tous.

— Je crois que oui.

— Eh bien! voilà justement ce que nous cherchions. C'est vous qui commanderez le piquet d'escorte pendant le sacre.

— Comme il plaira au roi.

— Vous n'annoncez pas votre âge, reprit Rodrigue.

— Vous me flattez, seigneur de Villaandrado.

— Non ; pour sûr, on ne croirait jamais que vous avez vu tout le règne du feu roi.

— C'est cependant la vérité.

— Mon bon La Hire, s'écria à son tour Jeanne en s'approchant du vieux chevalier, je voudrais bien vous demander quelque chose.

— Parlez, chère enfant, parlez, répondit La Hire; si je puis vous être agréable, je le ferai de grand cœur.

— Vous savez, reprit Jeanne, que je suis ignorante comme une fille des champs que je suis. Puisque vous avez vu tant de belles choses et connu tant de grands personnages qui ont illustré le dernier règne, contez-nous votre histoire; elle est certainement pleine d'intérêt, et nous y gagnerons tous.

— Bah! vous plaisantez, répondit en rougissant le naïf ami de Xaintrailles ; que voulez-vous que je vous conte? L'histoire d'un soldat est écrite d'avance : se battre, et puis se battre, et puis se battre encore.

— Contez toujours! s'écria Dunois, il n'y a rien de plus agréable que d'entendre parler de son métier par un maître habile.

— C'est moi qui vous en prie, insista l'héroïne ; vous ne sauriez dire comme ce récit m'intéressera ;

et puis c'est une manière de passer la soirée qui vaut bien mieux que vos dés et vos jeux de hasard à quoi vous perdez tant de temps et d'argent.

— Jeanne d'Arc a raison, répétèrent toutes les voix.

— Allons, mon ami, commence, ajouta Poton; moi je vais chercher quelques cruches d'hypocras et des gobelets, cela ne gâtera rien à ton récit.

HISTOIRE

DU

BRAVE LA HIRE.

I

Il y a cinquante ans, mes amis, à peu près à cette époque de l'année, le grand connétable Bertrand Du Guesclin était sur le point de passer de vie à trépas, dans son camp, au milieu des compagnies qu'il avait menées devant Château-Neuf de Randon, en Gévaudan, pour courir sus aux Anglais comme il avait fait toute sa vie, et comme nous ferons tous, à son exemple, s'il plaît à Dieu, jusqu'à la mort.

Il avait autour de lui le maréchal de Sancerre, Olivier de Clisson, Olivier de Mauny, officiers expérimentés qui secondaient sa vaillance, et depuis deux mois que durait le siége, la ville, jusqu'ici réputée imprenable à cause de sa position, avait subi tant d'échecs, que le sire de Roos, son gouverneur, guerrier d'une valeur éprouvée, venait de se voir forcé, à la suite du dernier assaut, de stipuler que, dans six jours, s'il n'était pas secouru par le sénéchal anglais d'Aquitaine, il consentait à évacuer la place.

Si courte que fut cette suspension, le héros n'en devait pas voir le terme. Sa santé, depuis longtemps chancelante, l'abandonna tout-à-coup, et les symptômes de maladie se manifestèrent avec une rapidité si grande qu'on ne put cacher plus longtemps au connétable son danger. Il en reçut la nouvelle avec un calme intrépide. On l'avait vu pendant quarante ans affronter la mort dans les combats, on le vit aussi regarder sans effroi l'approche d'un trépas inévitable.

Dans un moutier voisin vivait un vieux gardien de cordeliers que Bertrand avait connu autrefois à la cour du dévot Charles-le-Sage; il pria qu'on le fît venir pour recevoir sa confession.

Quoiqu'on fut entouré d'ennemis, et dans une contrée dont les chemins sont constamment impraticables, le moine aussitôt se mit en route. Il avait passé une partie de la nuit à chevaucher derrière l'écuyer qui lui servait de guide, quand, vers le matin, en traversant un petit pont sur un torrent, le serviteur de Dieu crut entendre comme une voix plaintive qui se mêlait au murmure de l'eau. Il descendit de cheval et découvrit, dans un grand manteau de drap fourré, un enfant de trois ans à peu près, chétif et pâle comme s'il allait rendre le dernier soupir, mais soigneusement enveloppé et posé sur une couche de feuilles, avec une longue épée à côté de lui. En ces temps de troubles, de pareilles aventures n'étaient pas rares. Il arrivait souvent que quelque seigneur forcé de fuir, ou une dame poursuivie par de redoutables vengeances, se voyaient forcés d'abandonner ainsi à la pitié des bonnes âmes de pauvres orphelins que leurs ennemis auraient eu intérêt à faire périr. Le cordelier ramassa l'enfant, le posa devant lui tout enveloppé sur sa haquenée, et lui faisant un coussin de sa robe de bure, il continua sa route vers le camp des Français.

Autour du connétable expirant, tous les capitaines de l'armée étaient à genoux, fondant en larmes. Le serviteur de Dieu, remettant son précieux dépôt aux mains d'un page, s'avança vers le lit du malade et lui administra les sacrements et les consolations que l'Eglise réserve pour adoucir les derniers moments de ses fidèles ; puis prenant la parole devant tous les assistants : « Seigneur Bertrand, lui dit-il en prenant des mains du page l'enfant pour le porter sur le lit du vieillard, à mon tour j'ai une bénédiction à vous demander : c'est celle du modèle des preux chevaliers sur la tête de cet enfant que la divine Providence vient de faire rencontrer sous mes pas comme je montais de mon monastère ici. C'est, à n'en pas douter, le fils d'un homme de guerre. Cette épée qui était couchée près de lui en est une preuve certaine ; bénissez-le, et qu'un peu de ces grandes vertus militaires dont vous avez donné l'exemple au monde puisse passer de vous sur la tête de ce pauvre orphelin. »

A ces paroles extraordinaires tous les assistants relevèrent la tête. Le vieux connétable se redressa sur son lit, et prenant dans ses mains l'enfant, il l'examina avec curiosité. Il se fit ensuite présenter l'épée, et, après avoir considéré un instant les armoiries qui étaient gravées sur le pommeau, il tira le moine par la manche de son habit.

— Père cordelier, lui dit-il vivement, avez-vous trouvé près de cet enfant quelque papier qui indiquât son nom?

— Aucun, répondit le cordelier.

— Regardez ceci, reprit le connétable ; et désignant les armoiries, il reprit l'enfant dans ses mains et recommença à le considérer.

— C'est bien cela, dit-il, ce sont ses traits. Pauvre enfant ! ajouta-t-il d'une voix émue, je te bénis; que Dieu te soit en aide! Ton père était un de mes braves compagnons en Espagne, et ta mère une brune fille de Dax. Je les ai connus, je les ai aimés, je te reconnais à leur air et à cette vaillante épée qui porte leur blason. Qu'elle t'accompagne à la gloire. Ton nom est de Vignolles... Hélas! que sont-ils devenus?... Où sont passés tous ces anciens compagnons de ma jeunesse, tous ces hardis capitaines d'aventure, ces pauvres routiers tant maudits?

Le connétable s'arrêta un instant, puis reprenant la parole d'une voix prophétique: Vous tous qui m'entourez, dit-il, capitaines mes amis, soyez indulgents aux pauvres routiers que la faim force souvent à piller les vassaux ventrus du clergé et les bourgeois rapaces des petites villes. C'est sur eux que repose tout le sort de la France depuis que la chevalerie s'en va mourant. Tant qu'il y aura des Anglais en France (1) et des seigneurs du Lys (2) pour entretenir la mésintelligence entre les provinces, il y faudra des troupes mercenaires. Mais dans

(1) Depuis près de cent ans les Anglais entretenaient des troupes en France, et le tiers du pays leur appartenait; mais leur autorité était généralement détestée par les grands comme par les petits.

(2) On donna ce nom à la faction des princes du sang qui, après avoir troublé le règne de Charles V, amena les plus grands désordres sous celui de Charles VI.

cent ans il n'y aura plus ni féodalité du Lys (1), ni routiers (2), ni Anglais (3) chez nous ; il n'y aura plus que des Français.

Du Guesclin avait fait un effort pénible pour parler si longtemps. Il s'assoupit une heure, et puis il demanda son épée de connétable. La vue de cette arme, qu'il avait toujours portée sans reproche, ranima ses esprits. Il la prit dans ses mains défaillantes, s'inclina devant la croix qui en surmontait le pommeau, et baisa le signe révéré en faisant découvrir sa tête chenue. Il remit ensuite l'épée à Olivier de Clisson en lui disant : « Vous direz au roi que je suis bien marri de ne pouvoir le servir plus longtemps ; si Dieu m'en avait donné le temps, j'avais bon espoir de vider son royaume de ses ennemis d'Angleterre ; mais il a d'autres bons serviteurs qui s'emploieront à cet effet, et vous, messire Olivier, tout le premier. Je vous prie de reprendre l'épée qu'il me commit quand il me donna l'état de connétable. Je lui recommande ma femme et mon frère. » Après ces paroles, il laissa

(1) Les seigneurs des Fleurs de Lys perdirent leur pouvoir sous Charles VII, et Louis XI détruisit complètement chez eux le goût des intrigues.

(2) Les routiers furent remplacés par la création des armées permanentes, vers 1445.

(3) Les Anglais furent définitivement chassés de France par les exploits de Richemond et de Dunois, en 1457.

tomber sa tête sur la poitrine de l'inconsolable Sancerre.

Comme il allait expirer (1), un bruit se répandit dans le camp que le sire de Roos sortait de la ville pour venir en remettre les clefs entre les mains du connétable. En effet, fidèle à sa parole comme à son devoir, le capitaine anglais traversa le camp au milieu d'une haie formée par les soldats et les gens du pays descendus de leurs montagnes pour joindre leurs regrets à ceux de l'armée. Après une marche assez longue, le gouverneur parvint à la tente de Du Guesclin. Introduit par Sancerre, il s'inclina profondément, et déposa les clefs de Château-Neuf sur les pieds du moribond, en disant d'une voix émue : « Messire Du Guesclin, je vous rends les clefs de la place dont j'étais gouverneur. » En même temps il tomba à genoux, et tous les assistants l'imitèrent. Pour répondre, le connétable voulut se soulever une dernière fois, mais ses yeux se fermèrent avant qu'il eut pu dire un mot, et sa belle âme s'envola vers le ciel (13 juillet 1380).

Pendant qu'on lui faisait des obsèques magnifiques, l'armée française entra dans la ville. Le vieux cordelier y entra aussi avec l'enfant qu'il avait sau-

(1) Opinion du trouvère Cuvelier, adoptée par les historiens en général.

vé, et alla descendre chez un clerc marié qui remplissait l'office de tabellion du couvent. Ce tabellion avait une femme jeune et de beaux enfants. La femme s'empressa de donner à manger au pauvre orphelin, les enfants partagèrent avec lui leurs habits, le comblèrent de caresses, et quand le lendemain le cordelier déclara qu'il était temps de regagner le monastère, le petit La Hire, car cet enfant c'était moi-même, se trouva en état de suivre son bienfaiteur

II

Le couvent des cordeliers était situé dans une vallée au bord d'une rivière. On y arrivait par des chemins assez difficiles, tracés dans un pays très escarpé et très montueux, couvert de bois et de grandes croix de pierre élevées aux endroits où avait été commis quelque crime; mais dès qu'on apercevait entre les arbres les grands bâtiments du monastère blanchis à la chaux, régulièrement construits, et défendus par une masse imposante de tours, de tourelles et de donjons, suivant l'usage et la nécessité des temps, on se sentait l'esprit et l'âme à l'aise, car on savait partout que l'hospitalité est la première vertu de ces bons pères.

Quand nous fûmes arrivés en face de la grande porte, dont nous étions séparés par un grand fossé plein des eaux de la rivière, le père gardien sonna une petite cloche disposée à cet effet dans le tronc d'un arbre, au-dessous d'une statue de Notre-Dame. Aussitôt un bruit de clefs se fit entendre et la grille de la porte fut ouverte. — Que désirez-vous? demanda une voix. — Ouvrez, au nom de saint François, répondit le moine. — Vive Dieu! c'est notre père! s'écria aussitôt le portier en se hâtant d'ouvrir et d'abaisser le pont-levis.

Nous fîmes notre entrée au milieu des compliments de toutes sortes. On interrogeait le vieillard de tous côtés, comme s'il eût couru les plus grands dangers, et vraiment en ces temps de guerre continuelle, l'habit même de saint François, si respecté des grands comme des petits, n'était pas toujours une sauvegarde suffisante contre les entreprises des brigands et des routiers isolés. Quand on fut rassuré sur le sort du gardien, tous les yeux se tournèrent naturellement vers moi qui le suivais par la main avec ma longue épée sur l'épaule et mon grand manteau sous le bras. Ce fut à qui m'accablerait de caresses et de confitures. On me gorgea de friandises, on me conduisit dans une jolie petite chambrette attenante à celle du maître des novices; on me mit dans un bon petit lit bien blanc, et le frère qui m'accompagnait m'ayant fait faire un beau *au nom du Père*, car je savais à peine parler, m'embrassa, et je m'endormis.

Le lendemain, je trouvai sur mon lit un joli petit habit de cordelier, petite robe de bure, petite ceinture de corde, petites sandales de cuir fauve, petit manteau à capuchon ; je m'en revêtis tout joyeux, et descendis dans la cour où une dizaine de petits orphelins comme moi, abandonnés par leurs parents ou recueillis par la charité des moines, m'attendaient pour déjeûner.

Je m'habituai bientôt à mes nouveanx compagnons. La vie que nous menions était fort douce. On nous apprenait à lire, à chanter les psaumes et à réciter le catéchisme. Nos récréations étaient longues, nos repas copieux, nos lits bien chauds, rien ne nous manquait. Le couvent était fort riche : on y apportait des aumônes de tous côtés. Les frères, doux et gais, semblaient aussi heureux que nous. Ils s'applaudissaient, en ces temps de troubles continuels, d'avoir choisi pour y vivre ce terrain neutre où, sous l'aile de Dieu, ils pouvaient respirer à l'abri des deux partis Anglais et Français, également vénérés par les uns et par les autres. Les hommes d'armes que l'ordre entretenait sur le donjon semblaient plutôt destinés à défendre le monastère, qui passait pour riche, contre les entreprises des bandes de pillards, qu'à résister aux armées régulières. La plupart du temps, quand il passait quelque compagnie de routiers, il suffisait d'exposer les châsses des reliques sur les créneaux pour les décider à suivre leur chemin sans s'arrêter, et avec du vin et quelques sacs d'écus, on triomphait des plus exigeants.

Dans la cour cloîtrée d'où l'on pénétrait dans l'église, les religieux venaient deux fois par jour prendre leur récréation au milieu de nous. Quelquefois ils partageaient nos jeux, plus souvent nous nous mêlions à leurs groupes, nous leur entendions raconter les nouvelles de l'Eglise ou du royaume : que le roi Charles-le-Sage était mort presqu'aussitôt que son connétable, en laissant le trône à un enfant ; que le général breton, Olivier de Clisson, chassait peu à peu les Anglais du royaume. Le soir, après vêpres, ils avaient coutume de passer une ou deux heures à lire les anciens livres, les histoires ou les poésies du temps passé, les vies des saints ou les exploits des grands capitaines de l'antiquité. Ces récits nous enflammaient, et nous brûlions d'ardeur d'apprendre comme eux à lire et à copier de beaux manuscrits avec de belles miniatures en couleur, ou des livres d'office avec des culs-de-lampe ornés de fleurs vives et brillantes comme celles du jardin.

Rien ne me semble encore aujourd'hui plus tranquille et plus heureux que la vie de ces solitaires. Entre toutes les existences ils avaient certainement choisi sinon la plus brillante, certainement la plus douce et la meilleure.

Cependant, à mesure que je grandissais, l'excès du bonheur peut-être me rendait triste, inquiet, taciturne. Quand, à l'église, je voyais les paysannes, les paysans venir à la messe avec leurs enfants joufflus dans leurs bras, je pleurais. J'avais beau considérer ma longue épée qui avait été soigneusement déposée près de la statue du bienheureux saint François, sa vue ne suffisait pas pour me distraire, ou plutôt elle ne servait qu'à me rappeler que j'avais perdu mes parents, que peut-être ils existaient encore, et que j'étais privé de leur tendresse. Un jour le père gardien me voyant tout en larmes, voulut savoir ce que j'avais. Je le lui avouai sans détour : il me promit de faire des démarhes pour découvrir ce que je désirais savoir : l'occasion ne se fit pas longtemps attendre.

III

On était en 1385 ; j'avais huit ou neuf ans ; j'avais bien profité du réfectoire des moines et un peu de leur bibliothèque. Je savais lire, signer, et je connaissais mes patenôtres ; les plus grands seigneurs du royaume n'étaient guère plus lettrés que moi. Un matin, le vénérable gardien des cordeliers, que les affaires de son ordre appelaient à Paris, me proposa de le suivre ; j'acceptai. Il me fit faire un vêtement de laïque, mi-partie noir et violet, comme il convenait à un gentilhomme ; je mis sur mon épaule ma longue épée, que ma taille ne me permettait pas encore d'attacher à ma ceinture, et nous étant associés à un convoi de pélerins qui revenaient de Terre-Sainte par Notre-Dame-du-Puy, nous prîmes la route de Paris, où ils allaient vénérer les reliques de sainte Geneviève.

La route devait passer par Poitiers : nous traversâmes le Limousin, avec ses grands bois, ses profondes vallées, ses montagnes noires. Toutes ces hauteurs portent de grands châteaux presque aussi massifs que les rochers sur lesquels ils sont bâtis. La noblesse de ces contrées inaccessibles est très fière. Cependant il nous arrivait souvent de trouver l'hospitalité dans les maisons fortes et d'y recevoir des distributions de vin, de châtaignes, de galettes ; d'autres fois nous nous arrêtions le soir dans les hospices des pélerins, où un grand nombre de voyageurs venaient passer la nuit. On leur distribuait le soir une écuelle de légumes, le lendemain un morceau de pain et un verre de vin, et on leur ouvrait la porte en leur disant qu'il fallait partir pour faire place à d'autres qui devaient arriver. On ne s'imaginerait jamais le nombre énorme de gens qui, grâce au bâton peint en rouge et à quelques coquilles attachées à leur habit, voyageaient ainsi, sans danger comme sans argent, dans ces temps où les guerres privées et les guerres générales semblaient devoir intercepter toutes les communications. Je crois que la dévotion était pour beaucoup dans ce pélerinage, mais pour beaucoup aussi le goût des aventures, et le plaisir de les raconter pour beaucoup aussi.

A Poitiers, nous fûmes reçus par nos frères les cordeliers, dont l'église, comme celle des jacobins, est pavée des corps des princes et des barons tués à la funeste bataille livrée par le roi Jean aux Anglais près de cette ville. Je fis ma prière sur la tombe du connétable de France.

Les cordeliers nous fêtèrent comme si leur saint patron lui-même fût venu les visiter. Pendant le temps que dura notre séjour, ce n'étaient que viandes fines, vins délicats. Au dessert, outre les meilleurs fruits du pays, on servait des raisins d'outre-mer, des marrons de Lombardie, des figues de Malte, du clairet, des vins miellés, herbés, épicés, que sais-je? Je mangeais comme un pélerin et je buvais de même.

Nos frères ne voulurent point nous laisser continuer la route avec les pélerins. Nous prîmes le coche des écoliers de l'université qui, pour aller si lentement, menait plus à l'aise, à l'abri de la pluie, de la boue et de la neige, car c'était l'hiver.

Les cordeliers de Tours, ceux d'Orléans, nous reçurent de même; il y a des cordeliers partout. Un peu avant d'arriver à Paris, la voiture qui nous portait se brisa. Il fallait continuer la route à pied, ou chercher un autre véhicule. Un paysan qui passait nous offrit sa charrette, nous acceptâmes. Le père gardien lia conversation avec lui. — A me voir, lui dit le vilain, vous ne croiriez pas que j'ai eu la tonsure; cependant je l'ai eue, rien n'est plus vrai; mais le seigneur de mon village me la fit ôter parce que j'étais serf. Il s'en est repenti depuis, et en dédommagement il m'a affranchi. Il m'a donné même un attelage de bœufs et m'a acensé quelques terres que je travaille pour mon compte, en lui rendant, suivant l'usage, la quatrième gerbe et le cinquième raisin; enfin je suis ce qu'on appelle hôte. Mes petites affaires prospèrent. Je possède une maison avec un jardin; je suis marié à une jeune femme, mes enfants viennent bien; mais, ajouta-t-il en soupirant, je n'ai plus la tonsure.

En parlant ainsi nous étions arrivés devant sa métairie. Il nous invita à nous y reposer. Il fallut se mettre à table avec sa femme et ses enfants, goûter son vin, son pommé, ses cuisses d'oies confites. Il nous montra un manuscrit qu'il venait d'acheter à la ville, car ayant été tonsuré, il savait lire. C'était le *Vrai régime et gouvernement des bergers et bergères, par le rustique Jean de Brie*, ouvrage composé par ordre de Charles V sur les travaux de la campagne. Le père gardien, qui était un vrai puits de science, s'entretint longtemps avec lui sur la manière de cultiver les terres, de les assoler, de les marner. Il s'informa du prix des denrées : quinze sous le setier de froment, quinze livres un cheval, six livres un bœuf, deux sous une oie, six livres une queue de vin. Tout cela l'intéressait beaucoup et ne m'amnsait guère ; mais la paysanne et ses enfants m'emplissaient les poches de noix, de noisettes, de pommes, de prunes sèches, et je laissai causer le cordelier. Il causa si bien, que quand la conversation fut terminée, il n'était plus temps de partir. Nous passâmes la nuit à la ferme, dans une chambre propre, garnie d'un bon lit à tréteaux, d'une bonne cheminée, d'un bon feu. Le prieur en fit compliment à l'hôtesse. — Ah ! mon père, lui répondit-elle, malgré les aides et les rentes qui prennent la moitié de notre revenu, nous serions bien heureux si les craintes des compagnies franches de soudards ne nous empêchaient de dormir. Mais chaque fois que la cloche de l'église sonne en dehors des offices, il nous semble les voir arriver, et ces gens-là ne respectent rien.

La fermière parlait encore quand de toutes les maisons voisines arrivèrent des gens pour passer la veillée : jeunes garçons, jeunes filles, vieilles femmes, vieux laboureurs en surtout de laine avec un grand chapeau rond. Le cordelier refusa d'y prendre part, mais il me permit d'y passer une heure.

Quelle heure charmante ! quels beaux contes, quels beaux traits, quels jolis lais et virelais, quelles joyeuses rondes ! miracles de saint Roch pansant un pauvre malade ; — miracle de saint Luc habillant les pauvres ; — miracle de saint Crépin chaussant ceux qui avaient les pieds nus ; — miracle de saint Frumence vendant le blé à moitié prix ; — de saint Yves plaidant gratuitement pour les pauvres contre les riches ; — de la sainte Vierge habillée comme au village, venant aider les pauvres ménagères ; — miracles des verges servant à la correction des enfants ; elles étaient sèches, et elles ne laissaient pas de fleurir. — Aux récits pieux succédaient les contes de peur, les contes de revenants, les ombres des morts, de longs suaires flottants ; puis les contes des grands voleurs, des brigands, des bêtes féroces ; viennent les tours faits par les sergents, les procureurs, les pages ; les médisances contre les châteaux, contre les juges, contre les chevaliers errants, contre tout le monde.

Cela dure ainsi jusqu'à l'heure du couvre-feu ; cela se renouvelle chaque soir pendant toute la saison des neiges ; puis la cloche sonne, on rentre chez soi, on trempe ses doigts dans le bénitier, on fait sa prière et on se couche.

Nous n'étions qu'à quelques lieues de Paris. Après

une nuit de bon sommeil, il nous fut facile d'en achever la route à pied en deux jours. Je n'essaierai point de vous peindre cette grande ville, avec les grands murs neufs dont le feu roi venait de la faire entourer, et la belle Bastille-Saint-Antoine dont il l'avait munie pour la défendre et se défendre d'elle. Depuis vingt ans Paris est aux mains des Anglais, et les deux cent mille habitants qu'il comptait alors sont fort réduits. Plaise à Dieu que nous puissions y rentrer bientôt; c'est, après le sacre du roi, ce qui me tient le plus au cœur. Vous y verrez les grandes églises, les grandes places, les grands palais, les grandes halles, les grands monastères de tous les ordres, Notre-Dame, l'Hôtel-Saint-Val, le Châtelet, le Palais-de-Justice, la Sainte-Chapelle, et tous les marchands, et tous les corps de métiers, et les milices bourgeoises faisant le guet de nuit comme des archers du roi. Nous n'avions pas le temps de nous arrêter : la cour était à Amiens; nous partîmes pour Amiens.

Le jour de notre arrivée dans cette ville, toutes les cloches sonnaient comme des folles; le roi se mariait. Charles sixième avait seize ans, son épouse, la malheureuse et coupable Isabeau de Bavière, en avait quatorze. Quatre jours auparavant, ses oncles, les *seigneurs des Fleurs de Lys*, gens avides qui en son son nom pressuraient le peuple et les petits, lui avaient montré la jeune fille. Après qu'elle se fut retirée, le sire de La Rivière dit au roi : — Sire, que vous semble de cette jeune dame? nous demeurera-t-elle? — Oui, dit le roi, nous n'en voulons autre. Charles VI ne voulut même pas aller faire la fête à Paris ; il fallut procéder sur-le-champ aux épousailles.

Beaucoup de chevaliers suivaient le roi. Des courtisans, encore plus nombreux, étaient accourus de tous les points du royaume à la première nouvelle de la cérémonie. Le gardien des cordeliers en connaissait beaucoup, il les interrogea tous. Plusieurs avaient connu mon père, ma mère ; aucun ne put donner le plus petit détail sur ce qu'ils étaient devenus. Les mieux informés croyaient que mon père avait été tué à la tête de sa compagnie devant quelque place, et que ma mère était tombée entre les mains des Anglais.

Il se trouva enfin un grand baron qui se dit avoir été l'intime ami de mon père et de ma famille, et qui demanda au religieux l'autorisation de m'emmener en son château pour y être élevé avec son fils, au milieu d'autres jeunes pages qu'il formait aux exercices de la guerre. Le père gardien me demanda mon avis. Je répondis en pleurant que je priais mon protecteur de décider lui-même ce qu'il y avait à faire. Le vieillard me donna sa bénédiction et me remit à l'ami de mon père.

IV

Ce seigneur se nommait le sire de La Roche-Lambert. Il avait un grand train de maison, un majordome, un grand échanson, un grand bouteiller, un sénéchal, un aumônier, des écuyers, des pages, comme le roi lui-même. Tous les membres peu fortunés de sa famille, tous ses voisins, tous les petits seigneurs de son canton avaient un emploi à sa petite cour. Après les fêtes du mariage du roi, nous prîmes ensemble le chemin de la forteresse qui lui servait de résidence.

Représentez-vous d'abord une position superbe, une montagne escarpée, hérissée de rochers, sillonnée de ravins et de précipices : sur le penchant est le château. Les petites maisons qui l'entourent en font ressortir la majesté.

Il faut voir ce château, lorsque, au soleil levant, ses galeries extérieures reluisent des armures de ceux qui font le guet. Il faut voir tous ces hauts bâtiments, tous ces pignons sculptés, tous ces toits pointus et dorés. La porte, flanquée de tourelles et couronnée d'un haut corps de garde, se présente toute couverte de têtes de sangliers et de loups. Trois enceintes, trois fossés, trois ponts-levis en défendent l'entrée. Vous pénétrez dans la grande cour carrée où sont les citernes, et à droite et à gauche les écuries, les poulaillers, les colombiers, les remises. Les caves, les souterrains, les prisons sont par dessous. Par dessus, les logements, les magasins, les arsenaux. Tous les combles sont bordés de machicoulis, de parapets, de chemins de ronde, de guérites. Au milieu de la cour est le donjon, profondément fossoyé dans tout son pourtour, qui renferme les archives et le trésor, et où se tient le guetteur qui annonce le temps, les yeux fixés sur son sablier.

L'intérieur n'était pas moins remarquable : grandes chambres voûtées, à croisées ogives, à vitres de verre peint; grandes salles pavées en carreaux de diverses couleurs, grandes cheminées surmontées des armoiries du maître, grands meubles de toute espèce, guéridons, bahuts sculptés et ferrés, grands écrins, grands miroirs de verre et de métal, grands lits de onze pieds de large, grands fauteuils à bras couverts de tapisseries et ornés de crépines, grandes tentures en tapisserie de laine, avec des personnages de grandeur naturelle, tenant à la bouche des rouleaux d'où sortaient de belles sentences.

De loin, le son du cor avait annoncé notre arrivée. La dame du logis nous vint recevoir au bas du grand escalier; elle était belle encore, et vêtue richement. Une enfant, blonde comme les épis et timide comme on est à dix ans, la tenait par sa jupe. Le sire de La Roche-Lambert et son fils, jeune jouvencel de cinq ans plus âgé que sa sœur, vinrent se jeter dans leurs bras. On me présenta, et un sourire m'annonça que je serais bien accueilli. Le chevalier congédia d'un geste ses gens qui se répandirent aussitôt dans la maison.

L'abondance la plus prodigue régnait dans cette somptueuse demeure. Les caves, les celliers, les huches, les laiteries, les fruiteries s'emplissaient et se désemplissaient sans discontinuer. Y prenait qui voulait, quand il voulait, et tant qu'il voulait; et encore ce grand nombre de nobles, d'écuyers, de veneurs, de fauconniers, de pages, de valets, d'ouvriers, de jardiniers, de fermiers, de soudoyers, de gardes, ne pouvaient suffire. Dans les cuisines, les cheminées, de douze à quinze pieds de large, rôtissaient deux ou trois veaux, cinq ou six moutons, sans compter la venaison. Sur le dressoir ou buffet étaient servis les aiguières et les hanaps pleins de vin.

Rien ne peut vous donner une idée de ce qu'était alors la vie des pages, car je parle de quarante ans, et tout cela aujourd'hui est bien tombé : nous ne sommes que l'ombre de nos aïeux. Le matin on se levait à l'*Angelus*; le chapelain faisait la prière, et précipitamment on descendait dans la cour, où de beaux coursiers piaffaient d'impatience entre les mains des valets. Chacun sur sa monture franchissait le pont-levis, et par les prés, par les bois, par les clairières, par les bruyères sauvages, nous partions rapides comme le vent. Que de belles promenades, que de jolies rencontres, que de courses, que de fossés franchis! Le soleil luisait sur nos têtes, les oiseaux chantaient sur les arbres, les buissons étalaient leurs fleurs : c'était un paradis. Quelquefois les damoiseaux, pour éprouver leurs forces, s'exerçaient à défendre et à assaillir pendant plusieurs heures un petit retranchement de terre, une butte de rochers, et c'étaient des escalades, des chutes, des feintes, des ruses, aux grands applaudissements des spectateurs. On rentrait, on dînait vite; le chapelain donnait quelques leçons de grammaire ou d'histoire impatiemment écoutées, et les exercices recommençaient : les barres, les quilles, le palet, les sauts, et plusieurs autres jeux, tous destinés à fortifier le corps, à rendre souple et agile pour la guerre.

Pour nous distraire, nous avions le fou du sire de La Roche, avec son chapeau pointu, son rochet, ses sonnettes et sa marotte. Il contrefaisait les défauts de chacun et n'épargnait personne, depuis la reine, dont on commençait à mépriser la conduite, jusqu'au majordome, au trésorier, au maître de la fauconnerie avec ses faucons, au maître du chenil avec ses chiens. Nous avions encore les ménestrels, les troubadours avec leurs romances, leurs tensons, leurs livres pleins de belles enluminures, leurs contes à pleurer, leur gai costume, leur jolie parole. Quelquefois apparaissaient à de rares intervalles les chevaliers errants qui ne courent guère plus le monde aujourd'hui, et qui commençaient à devenir rares. Au son de leur cor, les dames prenaient leurs belles robes, leurs belles fourrures. Ils entraient couverts de plaques de laiton et suivis de leurs écuyers. Leur casque ôté, on voyait tantôt une barbe rasée d'un côté et longue de l'autre, tantôt un œil fermé d'un morceau de drap et l'autre ouvert. Le soir il nous venait souvent des pèlerins qui nous réjouissaient de leurs aventures, ou bien l'aumônier prenait la parole, ou bien encore nous écoutions un vieux commandeur de Rhodes, oncle de la dame du logis, qui avait visité la terre d'Egypte et voyagé dans trois parties du monde ; il racontait volontiers et bien, mais il était exclusif dans ses jugements et ne voyait rien au-dessus de son ordre.

L'autorité du sire de La Roche, sa juridiction, s'étendaient à cinq ou six lieues à la ronde. Il jugeait, mariait, recevait l'hommage sur toutes les terres voisines. Un seigneur, dont les terres étaient de son fief, se présentait nu-tête, sans éperons ni épée, et se mettait à genoux devant lui. Le sire de La Roche, prenant ses mains dans les siennes, lui disait : « Vous connaissez être notre homme-lige, par raison de votre châtel, et jurez à Dieu, par la foi de votre corps, que vous me servirez comme tel contre tous ceux qui peuvent vivre et mourir, fors contre le roi. — Je le jure ! répondait l'autre.» Puis ils s'embrassaient, et un tabellion dressait acte de l'hommage. Chaque tenancier apportait sa redevance, qui du blé, qui les cornes d'un bœuf, qui douze poules blanches, qui une chanson, qui une gambade.

Nul ne pouvait quitter les terres de la seigneurie, ni relever sa maison, ni prendre les ordres sans l'autorisation du maître. Quelquefois une pauvre damoiselle noble venait le supplier de consentir à son mariage avec un jeune seigneur. Je sais, répondait le sire, que votre préféré est fort doux et qu'il vous aime ; mais il est trop fluet, trop délicat, il ne pourrait servir votre fief ; prenez un mari qui manie bien les armes et qui ait fait ses preuves aux tournois.

Mais si l'autorité était grande, grandes aussi étaient les charges, les prestations les redevances. Le roi entrait-il en guerre, le sire de La Roche devait tant de chevaux, tant de lances, tant d'hommes qu'il fallait armer, équiper, nourrir et commander. Continuellement, pour la propre sûreté de ses domaines et pour protéger ses vassaux contre les agressions des voisins, des Anglais, des routiers, il fallait avoir le casque en tête et la lance au poing. Au milieu des repas, au milieu de la nuit, pendant l'office, le guetteur venait avertir qu'il avait vu des banières et des cavaliers dans la plaine. Aussitôt il fallait fermer les portes, lever les ponts, préparer la défense, envoyer des parlementaires, et souvent en venir aux mains.

Tous ces exercices, toute cette variété d'événements n'étaient pour nous que joies, fêtes et spectacles ; mais le peuple en souffrait cruellement, et l'orgueil seul des barons, qui pouvaient ainsi faire acte de petits roitelets, s'y trouvait satisfait, repu et content.

V

De ces douces années de mon enfance, les jours dont je conserve le plus cher souvenir ne sont point ceux que je passais ainsi à essayer mon courage, mais bien ceux où il m'était donné de m'entretenir avec la dame de La Roche-Lambert et sa fille, de les suivre à la promenade, de les accompagner dans les églises des couvents, ou aux grottes des ermites voisins.

Jamais, au milieu des périls de ma vie errante, jamais dans les fêtes ni dans les revers, je n'oublierai ces deux types de beauté, de vertu et d'angélique douceur.

Madame Yolande était d'une nature rêveuse et un peu triste. Ce grand château, ces grandes salles, ce grand train de valets et d'archers lui déplaisaient. Elle aurait voulu vivre dans quelque retraite ignorée, toute entière à l'affection de son mari, au soin de ses enfants. Contrairement à ses goûts, elle était presque toujours séparée du chevalier, son époux, qui était un des compagnons de l'intrépide connétable de Clisson, et sans cesse obligé de représenter.

« Je voudrais, disait-elle souvent, que le sire de La Roche, au lieu d'être un puissant feudataire, fût le simple seigneur d'un de ces petits villages que nous rencontrons dans nos promenades au bord de la rivière, dont la gentilhommière ressemble à une ferme plutôt qu'à un donjon, et n'est reconnaissable que par la girouette portant armoiries qui s'agite au-dessus de la fuie où ils élèvent leurs pigeons. Vivre au milieu de leurs paysans, adoucir leur sort, veiller à leur instruction, à leurs bonnes mœurs, à leurs secrets; recevoir leur bénédiction et s'entourer de leur reconnaissance, n'est-ce pas là le plus auguste, le plus utile, le véritable devoir du seigneur? l'occupation la plus chère à un homme sensé, pour qui les vanités du siècle apparaissent ce qu'elles doivent être, ce qu'elles sont : de faux bijoux où l'or est rare et l'alliage abondant? »

C'est sur ce principe que dame Yolande avait élevé ses enfants. Son fils, plus âgé que moi de quelques années, était robuste, fort, courageux, comme il convient à un homme d'épée; mais en dehors de nos exercices, c'était l'enfant le plus modeste, le plus respectueux qui se pût voir. Il eût été facile, grâce à sa naissance, de l'envoyer à la cour, parmi les pages du roi; sa mère avait préféré le garder près d'elle, l'élever au milieu de pages d'un rang inférieur, le former de près à toutes les vertus qui doivent être gravées dans le cœur de tous les hommes, qui doivent briller sur le front de celui qui commande.

Quant à la délicate, la candide Gisèle, je ne saurais la peindre autrement qu'en la comparant à un ange. Elle grandissait comme un beau lys, comme une fleur trop belle pour la terre, et que le ciel avant le temps devait cueillir.

Ma position d'orphelin, mes précoces aventures, la teinte un peu triste de mon caractère, m'avaient dès ce temps fait remarquer de la mère et de la fille. Elles m'appelaient souvent, la châtelaine pour lui faire quelque commission, Gisèle pour partager ses jeux; nous causions ensemble de longues heures. Le temps que je passais près d'elles me faisait songer au bonheur des enfants qui ont des parents, une famille, et je pleurais. Elles m'embrassaient pour me consoler ; elles me disaient que ma mère existait certainement encore, et qu'elle serait bien heureuse de me retrouver quand je serais grand , illustre , digne d'elle.

Leurs douces paroles séchaient mes larmes , mais ne cicatrisaient point la paix de mon cœur. C'est que rien au monde , ni bien-être , ni plaisirs , ni gloire, ni tendresse, rien ne peut remplacer une mère perdue ; et de toutes les misères auxquelles est exposée l'humanité , les deux seules qui me semblent irréparables, sont celle de l'enfant orphelin et celle du vieillard sans famille.

La châtelaine avait mis à part et serré avec soin ma longue épée et mon grand manteau , tout mon héritage. Quand nous étions tous les trois seuls dans les longues après-dîner du dimanche, une de mes joies les plus vives était de les tirer de l'armoire et de les contempler des heures entières. Je sortais du fourreau cette vieille lame que mon père avait portée , je l'interrogeais , je l'embrassais ; je retournais le manteau , j'en fouillais les poches comme si quelque papier oublié allait en sortir pour me révéler le mystère de ma naissance.

— Prie bien , mon enfant , me disait la dame ; Dieu, qui protége les bons fils, nous enverra certainement quelque pélerin, quelque moine quêteur qui nous apportera des nouvelles de ta famille, qui nous dira quelle contrée ta mère habite.

— Quand je serai grand, répondais-je, je visiterai tous les châteaux de France et d'Angleterre, toutes les villes, toutes les maisons; j'interrogerai tous les passants, je sonderai tous les cachots, toutes les prisons, jusqu'à ce que j'aie retrouvé ma mère; et quand j'aurai découvert sa demeure, je combattrai son ravisseur, son bourreau, à pied, à cheval, en champ clos, sur les grandes routes, partout, jusqu'à ce que je l'aie forcé à me la rendre.

Ainsi mon enfance soucieuse formait des projets que la piété maternelle encourageait, mais que les décrets de Dieu devaient m'empêcher d'accomplir.

VI

Un soir était arrivée au château toute une société d'étrangers de professions différentes : des moines, des marchands vénitiens, un recteur de l'université de Paris, quelques capitaines de routiers, anciennes connaissances du commandeur. Après dîner, dans la grande salle, devant un feu colossal, chacun d'eux causait de son état, de ses voyages; on nous fit venir pour profiter de leur science et écouter leurs leçons.

« Voici, dit le commandeur en nous montrant,

l'espoir du pays, les futurs défenseurs de cette grande unité féodale qui va s'amoindrissant depuis quelques années, par la faute des oncles, des parents du roi, des *seigneurs des Fleurs de Lys*, comme on les appelle; mais qui reprendra, s'il plaît à Dieu, qui vivra malgré les secousses comme un chêne malgré le vent. Qui de vous, poursuivit-il en s'adressant à ses hôtes, n'a admiré ces grandes vitres rondes, ces grandes rosaces qui couronnent les principales portes des églises? N'avez-vous pas remarqué qu'elles se composent d'autres non moins grandes, composées elles-mêmes d'autres roses moins grandes encore qui en contiennent un grand nombre de petites remplies de verres de diverses couleurs? C'est l'image de la monarchie féodale, subdivisée en monarchies moins grandes, en fiefs de la couronne, en arrière-fiefs, qui renferme ce nombre de petites monarchies, de simples fiefs, où se trouve le peuple dans diverses conditions. Concevez maintenant l'admirable ordonnance de ce système: le peuple, les seigneurs du peuple, les seigneurs des seigneurs, ou ducs, comtes, princes; le seigneur souverain ou roi. Voyez comme à cet ordre tiennent les nombreux liens qui unissent les hommes entre eux, qui établissent entre tous les membres de l'Etat, depuis le premier jusqu'au dernier, depuis le roi jusqu'au simple serf, un commerce continuel de services reçus et rendus ; car si les serfs, les tenanciers sont obligés de donner une partie de leurs revenus, de leur blé, de leurs bestiaux et de leur travail à leur seigneur, à son tour le seigneur est tenu de défendre les personnes, les troupeaux, les blés et les maisons des tenanciers, et, chose admirable, l'effet nécessaire de cette grande combinaison, c'est le bonheur de tous et de chacun en particulier.

— Permettez, seigneur chevalier, reprit alors un des marchands vénitiens, qu'à ses riches habits et à la beauté de son langage il était facile de reconnaître pour un des premiers de sa nation ; vos raisonnements sont bons pour un gentilhomme, ils ne le sont pas pour un chrétien. Entendez le code de Jésus : tous les hommes sont fils d'un même père, tous les hommes sont frères, tous les hommes sont égaux ; il n'y a parmi eux ni premier, ni dernier. Pourquoi voulez-vous que toutes les richesses, tous les honneurs soient réservés à une seule classe, à une seule caste d'hommes? Aussitôt que vos serfs ont eu un peu d'instruction, ils se sont plaints de cet état de choses; ils ont peu à peu forcé leurs maîtres à les changer. Il y a eu les bourgeois du roi isolés, il y en a maintenant un nombre assez grand pour s'organiser en communes; les communes ont enfanté les états-généraux, et vous avez désormais un troisième état dans les assemblées, qui n'est ni clergé, ni noblesse, et qui cependant est quelque chose; encore quelques centaines d'années, et il sera tout, et il aura absorbé les deux autres ordres. Quand une ou plusieurs roues ont été brisées dans le travail d'une machine, elle ne tarde pas à se détruire. Vous aviez une constitution féodale qui promettait d'être durable, à condition que chacun se tiendrait à sa place; mais qu'est-il arrivé? Dans cette Francc qui semble taillée par Dieu pour faire une seule monarchie, beaucoup de provinces se sont en allées détachées, sinon de nom, au moins de fait. La Bourgogne n'est plus française, la Provence, l'Anjou appartiennent à des rois étrangers; la Bretagne se croit assez forte pour vivre à l'écart; la Guyenne, la Normandie, le Poitou, le Limousin, le Périgord, sont soumis à la France quand il plaît au roi d'Angleterre de prêter hommage, et deviennent étrangères aussitôt qu'il plaît à Edouard ou à Henri de se déclarer indépendants. La dissension vous a tués ; vos finances sont insuffisantes ; vos laboureurs crient famine ; le commerce est mort. Ah ! le commerce ! voilà la grande source de la fortune, du bien-être et de l'activité. Voyez nos républiques italiennes, voyez votre Marseille où les nobles ne craignent point de devenir marchands, armateurs, fabricants. Jeunes hommes, a-t-il ajouté en se tournant vers les pages, s'il est quelqu'un parmi vous qui veuille devenir libre, riche, ami des arts, qu'il me suive, j'en ferai un citoyen de Venise, la reine des mers. Personne n'a répondu à son appel ; le commandeur s'est mis à rire, le vénitien s'est assis fort mécontent devant les tisons.

— Puisqu'on parle de liberté, a dit à son tour le recteur de l'université, la vraie liberté est celle de l'esprit ; la vraie mission de l'homme, la culture de son intelligence ; la vraie jouissance, celle du génie. Les quatre arts libéraux ressortent de l'université. Soit que vous vouliez devenir célèbre en médecine comme Guy de Chauliac, en jurisprudence comme le président du parlement, en musique comme Guy d'Arezzo, comme Guillaume de Machaud, en peinture comme Giotto, Eimabué, Girard d'Orléans, en hermétique comme Pisani, en droit canon comme Pierre de Rome, en philosophie comme Bernard de célèbre mémoire, faites-vous écolier de l'université; comme tel vous aurez une justice à part, un quartier de ville à part, des immunités sans nombre, et la postérité la plus reculée parlera de vous; votre nom vivra dans tous les âges.

Le recteur parla encore longtemps. Il fit si bien que l'un de nous, qui n'avait jamais pu se tenir à cheval, et qui par contre passait ses soirées à faire avec son couteau d'admirables petites statuettes de bois, déclara qu'il voulait le suivre. Le recteur promit qu'il en ferait un orfèvre royal, et qu'il deviendrait syndic de cette corporation puissante.

— Je voudrais bien, de mon côté, dit le cordelier, faire quelques prosélytes pour mon ordre, non pas que nous manquions de novices. Depuis cent ans que notre fondateur est mort, nous avons autant de couvents qu'il y a de villes. Je compare, à beaucoup d'égards, les différents états de l'Europe avec les différents ordres religieux qu'elle renferme. La belle France est le bel ordre des franciscains, et par la ressemblance de nom et par la ressemblance de franchise, d'esprit, de célébrité. L'ordre des dominicains, c'est l'Angleterre; et de même que les frères-mineurs n'ont rien à craindre que la concurrence tant qu'ils suivront la règle de leur Père, de même les Français n'ont rien à craindre tant qu'ils ne se feront pas Anglais. L'Angleterre, j'en conviens, a sur la France l'avantage de la mer; mais la France l'emporte par l'éclat de sa noblesse. Que les Anglais laissent à la France la primauté sur le continent, et la France ne leur disputera point l'empire de la mer.

Il ajouta beaucoup de considérations pieuses. Vaincus par cet entraînant discours, quatre ou cinq d'entre nous se disposaient à postuler l'habit de cordelier, mais ils n'en eurent pas le temps: un capitaine de routiers, qui jusque-là n'avait rien dit, se leva tout-à-coup comme un ressort, et prenant la parole d'une voix vibrante comme le cuivre d'une trompette, il s'écria :

— Arrière, arrière les moines, les savants et les marchands, gens timides que l'épée fait trembler, et que les pertuisanes mettent en déroute! Il n'y a qu'un état glorieux au monde, qu'un seul, entendez-vous, jeunes gens? c'est celui de soldat. La guerre avec ses émotions, ses dévouements, ses triomphes; les tournois, les carrousels avec leurs belles armes, leurs beaux chevaux, leurs belles couronnes, font du métier des armes la plus belle, la plus enviable, la plus estimée des professions.

Le capitaine, s'enflammant à ses propres paroles, aurait sans doute longtemps continué sur ce ton, si le fou du sire de La Roche, qui était aussi leste que plaisant, sautant tout-à-coup de son siége sur la table, et de la table sur les épaules de l'orateur, ne se fût mis à gesticuler en imitant son ton et sa voix, et en criant à tue-tête :

— Eh quoi! messeigneurs, on fera l'éloge de toutes les professions, excepté de la mienne! moi qui puis insulter impunément les rois sur leurs trônes, dire publiquement leurs vérités aux plus grands princes de la terre sans qu'ils aient même le droit de se fâcher; moi qui suis aux sociétés puissantes, aux cours souveraines, ce que la conscience est à l'individu; moi, le remords vivant, parlant, mordant! Faites-vous fous, jeunes pages, faites-vous fous!

Naturellement chacun se mit à rire. On complimenta le burlesque orateur. On passa à la ronde le clairet et les épices, et chacun s'alla coucher, persuadé, comme toujours, que la profession la plus belle qu'homme du monde pût embrasser, était celle qu'il suivait lui-même, après avoir consulté Dieu dans de ferventes prières, et interrogé franchement les personnes qui nous aiment et nous connaissent le mieux.

VII

J'étais page depuis cinq ans, et je touchais à l'âge d'homme : j'avais passé successivement par les emplois d'écuyer d'écurie, écuyer tranchant, écuyer de corps, et si je n'avais pas encore publiquement fait choix d'une épouse, j'étais bien près de fixer mon sort, lorsque nous arriva de Paris la nouvelle que le roi, à l'occasion de la réception dans l'ordre de chevalerie des deux fils du duc d'Anjou, ses cousins, allait donner à Saint-Denis le plus magnifique tournoi qui se fût vu.

L'honneur d'accompagner mon maître à cette

fête, et de porter derrière lui, sur un roussin, son heaume de bataille orné de lambrequins et de panaches ou cimiers, me revenait comme au plus ancien écuyer du corps. Nous partîmes huit jours à l'avance, avec une nombreuse escorte de gentilshommes de tout rang et de valets menant en laisse les chevaux de combat, couverts d'armures de fer et de velours brodé, et suivis de mulets chargés de cuirasses, d'armes de prix, de parures, de cadeaux, de bijoux. La joie éclatait sur tous les visages, et j'aurais été parfaitement heureux, si une subite indisposition de damoiselle Gisèle n'eût fait décider par le médecin que sa mère et elle ne pouvaient quitter le château pour prendre part au divertissement public.

Quand nous arrivâmes à Saint-Denis, la lice était déjà prête, et les tentes de toutes couleurs étaient déjà dressées dans la campagne pour recevoir les combattants. On voyait flotter devant chacune la bannière brodée et armoriée du chevalier qui l'occupait, tandis que les dames les plus curieuses examinaient, le long du cloître de l'abbaye, les écus rangés tout autour, avec le heaume et les cuirasses, suivant l'usage qui voulait que ces insignes restassent exposés trois jours au contrôle et à l'admiration publique. Pendant ce temps les valets exerçaient les chevaux, et le peuple, toujours curieux, dansait au son des violes ou suivait les exhibitions des ménageries et des mystères.

Une carrière de cent vingt-cinq pieds avait été aplanie et entourée de palissades ornées de banderolles pour servir de lice; sur un des côtés on avait élevé des galeries de bois, où les dames invitées à la fête devaient prendre place pour présider aux joûtes, et décerner, comme juges du camp, le prix de la valeur aux chevaliers. A chaque extrémité, les hérauts d'armes avaient dressé leurs tentes, reconnaissables à leurs couleurs, brodées des armes de France; et en face des dames, les maréchaux du camp, dont le devoir était de modérer l'ardeur et de porter en cas de péril secours aux vaincus, s'étaient réservés un espace convenable.

On accourait en foule d'Angleterre, d'Italie, d'Espagne, de tous côtés; déjà l'enceinte était pleine de dames, de princesses, d'étrangers de toute qualité. Pour la pompe des festins royaux, il fallut convertir une grande cour en une salle immense qu'on couvrit d'une toile mi-partie verte et blanche, assez longue pour servir en même temps de tenture le long des murailles. Vers le haut bout de la salle, un dais magnifique, orné de tapis de laine et de soie brochée d'or, représentant des sujets divers et curieux, indiquait la place où devaient être dressés les couverts du roi et de la reine.

Le premier jour de mai 1389, qui était un samedi, le roi arriva, vers le coucher du soleil, au lieu désigné pour la fête. Il fut bientôt suivi de la reine de Sicile, mère des deux princes qui devaient être armés chevaliers. Elle était sortie de Paris dans un char couvert, accompagnée des princes du sang et d'un nombreux cortége de ducs, de chevaliers et de barons; à ses côtés marchaient les deux jeunes princes, ses nobles enfants; ils étaient à cheval, mais dans un équipage différent de celui où on les voyait ordinairement. Conformément aux anciens usages des poursuivants d'armes, ils portaient tous deux une robe large et traînante d'un gris foncé; il n'y avait point d'or sur leurs vêtements ni sur les harnais de leurs chevaux. Ils portaient aussi en porte-manteau quelques pièces d'étoffes pareilles à celle dont ils étaient vêtus, simulant ainsi les écuyers allant en campagne.

Après avoir conduit en cet équipage leur mère bien-aimée jusqu'à Saint-Denis, les deux princes se rendirent au prieuré de l'Estrée, dans une salle spacieuse, où, s'étant déshabillés, ils se mirent au bain, toujours pour suivre le cérémonial usité. Ils quittèrent alors leurs premiers habits et prirent leurs nouveaux costumes de chevaliers. C'était un double vêtement de soie rouge, fourré de menu-vair; la robe était arrondie et descendait jusqu'aux talons; le manteau, fait en forme de toge impériale, pendait des épaules jusqu'à terre. Ils furent conduits par un cortége de nobles seigneurs devant l'autel des martyrs pour y passer la nuit. Ainsi le voulait le cérémonial; mais comme leur âge ne leur eût pas permis de supporter une telle fatigue, on ne les laissa veiller que quelques heures.

Au point du jour, le cortége royal se rendit à l'église. Les deux postulants y étaient déjà en prières. L'évêque d'Auxerre fut chargé de célébrer la messe, et, pour augmenter la pompe, tous les bénédictins de l'abbaye y assistèrent. Le roi y parut en grande cérémonie, ainsi que la reine et les princes du sang.

Aussitôt après l'office, l'évêque s'approcha du roi. Les deux jeunes princes vinrent se mettre à genoux devant eux. Deux officiers de la garde s'avancèrent, tenant par la pointe une épée nue; à la poignée de laquelle étaient suspendus des éperons d'or. Quand les postulants eurent juré que leurs vœux ne tendaient qu'au maintien de la religion et à l'honneur de la chevalerie, le seigneur de Chauvigny leur chaussa l'éperon, le roi attacha l'épée, et se levant de son siége, il leur donna l'accolade par trois coups du plat de son épée, en disant : Au nom de Dieu, de saint Michel et de saint Georges, je te fais chevalier! L'évêque leur donna ensuite sa bénédiction, et ils furent conduits en grande cérémonie dans la salle du festin. Ils dînèrent et soupèrent avec le roi, en compagnie des seigneurs et des nobles dames qui avaient été conviées. Toute la nuit se passa en toutes sortes de divertissements et de réjouissances.

Le lendemain lundi, vers la neuvième heure, ainsi qu'il avait été réglé, le tournoi commença. Le roi, qui avait fait choix de vingt-deux chevaliers d'une valeur éprouvée, leur fit commander de se préparer à entrer en lice et de donner à cette fête le plus d'éclat possible. Ils s'empressèrent d'exécuter ces ordres, et parurent bientôt montés sur des chevaux empanachés, avec des armures toutes brillantes d'or et des écus verts ornés des emblêmes du roi; ils étaient suivis de leurs écuyers, portant, selon l'usage, leurs lances et leurs casques. Charles VI les attendait dans la première cour de l'abbaye, entouré de nobles dames désignées à l'avance, montées sur des palefrois et vêtues de robes vertes couvertes de pierreries. Elles étaient en nombre égal à celui des chevaliers, et la règle exigeait qu'elles vinssent les introduire dans la lice.

Les dames et le roi prirent place sur l'estrade; les hérauts, à grand renfort de musique, donnèrent le signal, le champ fut ouvert, et les combattants commencèrent à montrer leur adresse. Les ducs de Touraine et de Bourbon, messire Pierre de Navare, messire Henri de Bar, messire Renaud de Trie, entouraient le roi. Parmi les dames les plus illustres, on distinguait la comtesse de Saint-Pol, les dames de Coucy, de Beausaut, de Bris, de Breteuil, de La Rivière, de Hasseville, de La Choletière. Chacune d'elles en entrant avait tiré de son sein des rubans de soie à ses couleurs, et les avait attachés au bras de son cavalier, en sorte qu'il était possible de suivre dans la mêlée le sort de la bataille et du petit ruban qui, malgré la poussière, aidait à reconnaître celui qui le portait.

Les chevaliers combattirent avec une ardeur martiale jusqu'au coucher du soleil, se frappant de leurs lances à coups redoublés et cherchant à se distinguer par leurs prouesses.

Le souper royal réconcilia tous les ennemis. Cette fête de la table après la fête de l'épée était une des plus belles que j'aie jamais vue. Grands dressoirs à vaisselle chargés de riche orfèvrerie; grands dressoirs à vins couverts de flacons d'or, d'argent, de verre ; grands officiers de salle ou de bouche vêtus de velours et de soie; princes, ducs, marquis se faisaient honneur de servir le monarque. Trois grands couverts de quatre-vingts mets chacun, sans compter les fruits, les épices, les vins cuits; et entre les services les ménétriers avec leur musique, les chanteurs avec leurs airs nouveaux pour réjouir les convives et les spectateurs.

Après le souper, les dames et les damoiselles, en

leur qualité de juges du camp, désignèrent, parmi les étrangers et les seigneurs de la cour, deux chevaliers auxquels elles décernèrent le prix de la valeur. Le roi se conforma volontiers à la décision des nobles dames. Il voulut en cette occasion déployer sa munificence accoutumée, et récompensa par de riches présents les deux braves champions. On passa ensuite le reste de la nuit en danses et en mascarades.

Le jour suivant, au tournoi des chevaliers succéda celui des écuyers. On en choisit vingt-deux, parmi lesquels j'eus l'honneur d'être désigné. Nous prîmes les armes et les chevaux des chevaliers qui avaient servi la veille, et nous fûmes conduits avec la même pompe au champ-clos, par vingt-deux dames. Nous combattîmes comme avaient fait nos maîtres, jusqu'à la nuit, et nous reçûmes pareillement, après souper, les gages de l'admiration que nos prouesses avaient excités.

Le troisième jour, qui devait être le dernier, la lice fut ouverte sans distinction aux écuyers et aux chevaliers qui n'avaient pas encore combattu. Cette dernière lutte devait être la plus redoutable : on s'y battait pour tout de bon. Il se passa au commencement de cette journée un événement que je ne veux point passer sous silence, pour vous montrer jusqu'où allait le respect pour les dames. Au moment où les hérauts ouvraient la barrière, une jeune fille s'est présentée accompagnée de sa mère, priant les maréchaux du camp de ne point admettre un jeune gentilhomme qui avait laissé échapper quelques paroles imprudentes contre la demoiselle. Elle était suivie de son fiancé qui demandait le combat du jugement de Dieu. La cause ayant été portée au roi, il fit aussitôt vider le champ-clos, et décida que le combat aurait lieu sur l'heure. A midi sonnant, le héraut cria : Que l'appelant vienne ! Le fiancé de la demoiselle, conformément à l'ordonnance, s'avança armé de toutes pièces, l'écu pendu à son cou, la visière baissée. La porte s'ouvrit, il entra et fut conduit sous son pavillon. Peu de temps après, le héraut cria de nouveau : Que l'accusé vienne ! La porte de la lice se rouvrit, le jeune homme, également armé, entra et gagna son pavillon à l'autre extrémité. Alors le héraut, vêtu de sa robe armoriée de fleurs de lys ; s'avança et cria de tous ses poumons. Or, oyez, seigneurs chevaliers, écuyers, gens de tous états ; notre souverain seigneur, roi de France, défend, sous peine de vie, de crier, parler, tousser, et de faire aucun signe. Aussitôt s'établit un profond silence. Les deux champions sortirent successivement de leurs pavillons pour faire séparément les deux premiers serments. L'appelant et l'appelé ont persisté ; on leur a fait jurer qu'ils soutenaient une cause juste, et en ontre qu'ils ne voulaient combattre que par leurs corps, leur cheval et leurs armes. Alors le héraut ayant poussé le cri : Faites votre devoir ! les deux combattants sont montés lestement à cheval et se sont précipités l'un sur l'autre. Après une demi-heure de combat, l'accusé a été désarçonné ; son adversaire s'est précipité sur lui, tenant en main une petite dague, appelée miséricorde, et la lui a enfoncée dans la poitrine. On a emporté son cadavre tout sanglant. Le vainqueur est allé rejoindre sa fiancée qui l'attendait la corde au cou, et ils sont sortis ensemble. Un jour viendra où cesseront ces combats qui ne prouvent rien en faveur de l'innocence, puisqu'elle peut succomber sous le fer d'un scélérat.

Les fêtes de ce tournoi mémorable furent suivies d'une autre cérémonie qui n'a pas laissé moins de traces dans le souvenir des contemporains : je veux parler de l'entrée solennelle de la jeune reine dans Paris, dont diverses circonstances l'avaient jusque-là tenue éloignée.

Douze cents bourgeois de Paris, à cheval, vêtus d'habits verts et rouges, formaient la haie sur toute la ligne que devait parcourir la cour. La reine, entourée des plus nobles dames du royaume, la duchesse de Berry, la duchesse de Bourgogne, la duchesse de Touraine, la duchesse de Bar, la duchesse de Nevers, les unes en litière dorée, les autres montées sur de riches palefrois, et ayant autour d'elles tous les princes du sang, tous les grands dignitaires, tous les héros du tournoi, formaient un cortége magnifique, comme jamais en France on n'en avait vu. Aussi, malgré la vigilance des sergents d'armes et des officiers du roi, la foule des curieux était si compacte, la cohue si grande, qu'à peine pouvait-on rompre la presse. Quand on arriva devant la première porte Saint-Denis, on se trouva en face d'un ciel étoilé, plein d'enfants habillés en anges, avec une Notre-Dame et son enfant, surmontés d'un soleil et d'un ciel d'or aux armes de France et de Bavière. Les dames ne purent s'empêcher de s'arrêter à entendre chanter ces anges et voir reluire ces soleils. Mais ce n'était que le commencement des surprises. La fontaine Saint-Denis apparut bientôt couverte et parée d'un drap de feu azur, peint et semé de de fleurs de lys d'or, donnant par tous ses robinets du clairet délicieux et du piment à profusion, sans compter douze jeunes filles magnifiquement vêtues qui versaient à qui voulait de l'hypocras dans des hanaps d'or, en chantant si mélodieusement que c'était plaisir de les entendre. Plus loin, vers le moutier de la Trinité, sur un très vaste échafaud, était représenté en mystère le combat du roi Saladin et du roi Richard, qui, avec leurs champions, donnaient aux spectateurs les ébattements d'une grande bataille où les Turcs étaient vaincus. A la seconde porte Saint-Denis, qu'on nomme aussi la Porte au Peintre, on voyait sur un ciel nué et étoilé, Dieu, par figure, séant en sa majesté, Père, Fils et Saint-Esprit, entourés de petits enfants de chœur en forme d'anges, qui chantaient doucement des poésies où l'on disait : « Dame enclose entre fleurs de lys, reine, êtes-vous du Paradis ? » pendant qu'un des anges descendait du ciel pour venir mettre sur la tête de la reine une couronne d'or ornée de pierres précieuses. Et il y avait là, devant les boutiques et les fenêtres des maisons, de si grandes quantités de drap de camelot et de soie, que l'historien Jean Froissard, qui chevauchait près de moi, ne pouvait s'empêcher de soupirer en comparant toute cette profusion à la maigre mine de sa pauvre robe râpée. Je n'en finirais pas si je voulais peindre le lit de justice du Châtelet, ni les pétards du grand pont, ni la cérémonie de l'église Notre-Dame, ni le somptueux dîner qui suivit, sur la grande table de marbre du Palais-de-Justice. Le festin était la clôture des réjouissances; le lendemain devaient commencer les afflictions.

VIII

Le sire de La Roche-Lambert avait déjà repris avec toute sa suite le chemin de son château, lorsqu'un messager couvert d'écume vint lui annoncer qu'un parti de soudoyers et d'Anglais, profitant de son absence, était venu mettre le siége au pied des remparts, et menaçait à chaque instant d'emporter la place, malgré la résistance héroïque du petit nombre d'hommes d'armes à qui la défense était confiée.

Notre maître nous ordonna aussitôt de doubler

les étapes pour voler à la défense de sa femme et de son enfant. Nous marchâmes pendant trois jours. Le sire de La Roche ne cessait de nous encourager de la parole et de l'exemple. Son fils, plus jeune et moins énergique, pleurait en songeant à sa mère et à sa sœur. Au silence qui régnait dans les rangs, il était facile de voir que chacun de nous partageait sa douleur, et que l'affection pour la châteleine, non moins que la soif des aventures, précipitait nos pas.

Hélas ! si rapide que fut notre course, elle ne put prévenir d'affreux malheurs. A notre arrivée, les ennemis avaient déjà donné l'assaut et franchi les portes. C'était une troupe nombreuse et bien armée, commandée par un de ces chefs hardis qui semblent nés pour les coups de main. La garde du château fut enveloppée et détruite avant que nous puissions lui porter secours. Déjà les portes étaient occupées par des patrouilles anglaises, et l'incendie dévorait le village voisin et la commune, regardés comme inutiles par le vainqueur. L'entrée du sire de La Roche dans la vieille demeure de ses ancêtres dut être forcée les armes à la main, et nous coûta beaucoup de monde. Cependant, comme chacun de nous combattait sous un maître aimé contre un ennemi qu'en naissant tout français abhorre, nous ne tardâmes à pénétrer dans la place. Les vainqueurs, dispersés par petits groupes, et tout occupés de pillage, auraient peut-être été envahis sans trop de peine et repoussés à leur tour, si la précipitation qu'entraînent ces sortes d'attaques ne fût venue diviser nos efforts. Au lieu de nous porter en masse vers un même but, nos compagnons, emportés par un zèle imprudent, se précipitaient partout où ils apercevaient le casque d'un ennemi, dans les caves, dans les greniers, dans les appartements. Cette conduite nous coûta la victoire et amena la mort de notre chef. En courant avec cinq ou six hommes seulement vers l'appartement où il espérait trouver sa femme et sa fille, il fut arrêté par un peloton d'ennemis. Ceux-ci malheureusement avaient leur capitaine pour guide, et leur nombre était dix fois supérieur au nôtre. Dans un étroit couloir la lutte s'engage ; sans tenir compte de l'obstacle, et le cœur plein d'une anxiété croissante, le sire veut fendre la foule. La dague au poing, il s'élance ; nous le suivons ; mais l'ennemi nous enveloppe, nous serre, nous frappe avec une vigueur que le succès enflamme, et notre malheureux maître, percé au cœur d'une épée ennemie, tombe mourant sur le carreau. Son fils, malgré son jeune âge, veut le défendre ; un maillet de fer lui ouvre le crâne. Tous ceux qui, pour venger ces nobles victimes, entrent après eux dans le passage, y sont assaillis avec la même vigueur et y trouvent la même mort.

Ivre de rage et de douleur, impatient de venger mes amis, et certain, si je tombais aux mains des anglais, de finir mes jours dans une prison ignominieuse, j'allais m'élancer à mon tour pour mourir avec mes bienfaiteurs, lorsqu'à travers une fenêtre j'aperçus le chapelain du château, déguisé en valet d'écurie, et qui, avec son chaperon me faisait des signes désespérés. Un escalier momentanément libre s'ouvrait devant moi ; j'accours. Grâce à mon âge je traverse sans être poursuivi l'espace qui me séparait de lui ; j'arrive.

— Etienne, mon ami, me dit-il en m'entraînant malgré moi du côté des écuries, il s'agit d'un dévouement obscur, mais efficace : j'ai pensé que je pouvais compter sur vous. Prenez ce sayon et ce grossier haut de chausses, cachez votre figure sous ce large chapel, et suivez moi.

En parlant ainsi, et sans me donner le temps de répondre, l'homme de Dieu m'avait couvert d'un déguisement semblable au sien, et d'une main pressée il m'entraînait sur ses pas dans l'escalier d'une cave.

Cette cave, placée sous les écuries, et vide, quoique parfaitement construite en belle pierre et éclairée par de nombreux soupiraux, servait de galerie à un puits large et profond, dont le tambour allait s'ouvrir dans les écuries même, et auquel j'avais souvent puisé, sans soupçonner qu'il eût une double ouverture dans le sous-sol (1). Dans un angle de cette galerie, une petite porte dérobée à dessein derrière un pilier, donnait accès à un nouvel escalier fort étroit qui, montant à pic dans la muraille comme une échelle de meunier, avait une communication mystérieuse avec les différents étages du château.

Quand il eut gravi une soixantaine de marches,

(1) Il existe encore en Poitou, dans un grand nombre de vieux châteaux, des puits ainsi disposés, et ayant une ouverture à chaque étage de caves, avec un escalier de fer à l'intérieur.

mon guide s'arrêta, poussa le ressort d'une lourde porte de chêne qui faisait face à une petite meurtrière, et entra, en m'entraînant après lui, dans un couloir obscur construit dans un mur intérieur. Nous marchâmes en tâtonnant pendant près de dix minutes; le sol était fort inégal, et à chaque pas les toiles d'araignée que nous détruisions en marchant nous enveloppaient la figure. L'abbé ne cessait de me recommander de faire le moins de bruit possible, car les appartements entre lesquels nous avancions étaient tous occupés par les sentinelles ennemies. Enfin il s'arrêta, et tirant de sa poche une clef, il la passa doucement dans une serrure, la tourna avec précaution, et poussant la porte, il entra le premier dans une pièce circulaire éclairée de nombreusees fenêtres munies de barreaux de fer.

Là m'était réservé un spectacle aussi navrant qu'inattendu. La dame de La Roche-Lambert et sa fille, l'une et l'autre sans connaissance, gisaient sur un mauvais grabat. La mère, couverte de sang et les cheveux épars, offrait l'aspect d'une personne qui a longtemps lutté avant de s'évanouir. L'enfant, plus pâle qu'un linge, sans respiration, sans chaleur, était étendue à ses pieds. A la porte, on entendait les pas lourds d'une sentinelle qui allait et venait à intervalles égaux et réguliers.

Le chapelain m'expliqua en peu de mots que la courageuse femme, à l'approche de l'ennemi, s'était elle-même mise à la tête des combattants, disputant le terrain pied à pied, avec l'habileté d'un vieux général. Quand on était venu l'avertir que son mari et son escorte apparaissaient dans la plaine, elle avait opposé à la masse des ennemis un système de défense nouveau, se barricadant avec les siens derrière chaque porte, et gagnant du temps pour donner au secours le temps d'arriver. Mais au milieu de cette lutte des cris de triomphe étaient parvenus jusqu'à elle, et la tête sanglante du sire de La Roche, jetée tout-à-coup à ses pieds par un Anglais gorgé de vin, avait mis fin à la défense en la faisant évanouir. L'infortunée, saisie alors par une bande de forcenés, avait été traînée dans cette prison pour y attendre la merci de son vainqueur.

Il n'y avait pas de temps à perdre. Sans chercher à rappeler notre maîtresse à la vie, et préoccupé avant tout de sauver son honneur, l'aumônier saisit ce corps inanimé, et le chargeant sur ses épaules avec une force surhumaine, il m'ordonna d'enlever le chaste corps de Gisèle et de marcher devant lui dans le passage secret. Nous descendîmes lentement, en fermant derrière nous les portes avec le plus grand soin. La mère et la fille ne donnaient aucun signe de vie. Renversée sur mon épaule, la tête de la douce enfant, pâle comme une gerbe de lys, balottait comme celle d'un cadavre. J'aurais voulu m'arrêter dans la galerie dont j'ai parlé, qui règne autour du puits, pour imbiber son front d'eau fraîche et rappeler les mouvements de son cœur ; mais le chapelain n'y voulut point consentir. Me donnant l'exemple d'une audace qui n'appartient point aux gens de son état, il s'avança le premier résolument vers la baie qui donnait entrée dans le puits, et la franchissant il se mit à descendre pas à pas, sans broncher, le petit escalier de fer qui régnait à l'intérieur. Je le suivis en fermant les yeux et en implorant la miséricorde divine, car un faux pas pouvait suffire pour faire échapper de mes bras un dépôt qui m'était si précieux.

Nous atteignîmes ainsi le niveau de l'eau. A cet endroit le mur se creusait comme une grotte dans laquelle venait aboutir la rampe de l'escalier, et une porte, qui n'offrait d'autre résistance que la rouille de sa fermure, donnait accès dans les fossés du château. Mon guide ouvrit la porte, mais il n'était pas prudent de la franchir avant la nuit. Il déposa son fardeau sous la petite voûte en me faisant signe de l'imiter; et avec un peu d'eau fraîche et le contact du grand air il entreprit de rappeler la vie sur les lèvres de l'infortunée châtelaine. Les yeux sur lui, je répétais avec une scrupuleuse exactitude, sur le corps de Gisèle, tous les mouvements que je lui voyais faire. Chose étrange, l'enfant, qui semblait presque inanimée, donna des signes de vie plus promptement que sa mère. Elle commença par remuer un bras en faisant une aspiration profonde, puis les yeux se rouvrirent, puis le sang revint colorer les joues, et elle put prononcer quelques mots entrecoupés. Une cuillerée d'un liquide rose, que le chapelain portait sur lui dans une fiole, acheva l'œuvre de la nature. Gisèle nous reconnut, nous sourit, et tournant le visage à la lumière, elle s'endormit profondément. Celle-ci était désormais hors de danger; mais à mesure que le temps passait, le péril que couraient les jours de la mère devenait plus imminent. Ce fut en vain qu'à plusieurs reprises l'abbé lui versa dans la bouche de fortes doses de sa précieuse potion ; en vain qu'il essaya, pour la ramener à la connaissance, tous les remèdes qu'enseigne la médecine vulgaire. Pendant plus de deux heures toutes les tentatives demeurèrent sans résultat. La pauvre femme tantôt remuait les lèvres, tantôt essayait d'ouvrir les yeux ; mais ces efforts étaient si faibles, ces mouvements si incertains, que nous ne cessions de nous demander si ce n'était point une illusion de nos sens qui nous faisait croire qu'elle appartenait encore à la vie.

Vers le coucher du soleil, un peu de sang reparut aux joues, la mourante desserra les dents, et dit d'une voix éteinte : Mon mari ! mes enfants !

Le chapelain me regarda comme pour savoir ce qu'il devait répondre ; la rougeur passagère disparut du visage, et la mort sembla reprendre sa victime.

Dès que l'obscurité eut enveloppé les sombres tours du château, mon guide reprenant son fardeau précieux, tandis que j'enlevais dans mes bras Gisèle toujours endormie, nous sortîmes de concert par la poterne qui donnait dans les fossés, et profitant d'un éboulement de terrain pour gagner la berge, nous commençâmes à fuir à travers les bois.

L'abbé connaissait, à une demi-lieue de là, l'humble desservant d'une église de village : nous allâmes frapper à cette porte hospitalière. Le pauvre prêtre nous reçut comme des envoyés de Dieu. Sa vieille servante alluma un grand feu; nous étendîmes sur des cousins la châtelaine et sa fille ; on leur fit avaler quelque cordiaux : l'enfant revint, se remit promptement, et ses caresses se mêlant à nos soins, vers minuit, la mère rouvrit les yeux et regarda autour d'elle avec étonnement ; mais ce ne fut qu'un éclair : ce regard avait suffi pour lui révéler toute la vérité; elle poussa un cri et retomba en défaillance.

Nous ne pouvions retenir nos larmes; tant d'infortunes auraient ému les cœurs les plus endurcis. Gisèle, suffoquée de sanglots, et pâle elle-même comme une statue de cire, se traînait sur le corps de sa mère, l'embrassant et l'appelant de tous les plus doux noms, sans pouvoir obtenir de réponse.

Cela dura jusqu'à l'aurore, à cette heure mystérieuse où tout se réveille dans la nature ; la châtelaine recouvra la voix. Elle se dressa sur son séant, et comme sa fille et moi étions à genoux de chaque côté d'elle, elle nous prit les mains, et les attirant ensemble sur son cœur :

— Etienne, me dit-elle, je vous confie tout ce qui reste de ma famille; soyez le protecteur de ma fille; soyez un jour son époux.

Ce furent ses dernières paroles : elle expira en essayant de sourire.

Le jour même les prêtres creusèrent sa tombe sous une dalle de la chapelle de la Vierge; et soit qu'il voulut donner une distraction à notre douleur, soit qu'il craignît pour nous le voisinage encore trop près des malfaiteurs qui avaient envahi le château de La Roche, le chapelain ayant revêtu Gisèle d'un habit grossier pareil au mien, nous partîmes dans la nuit pour Paris, à pied, comme des vagabonds et des mendiants.

IX

Nous ne pouvions aller frapper dans Paris qu'au couvent des Franciscains. Le vieux gardien des cordeliers, qui autrefois m'avait ramassé sur la grande route, était la seule personne que je connusse dans cette immense ville. Quant à mon compagnon, c'était la première fois qu'il y mettait les pieds. Les frères nous reçurent avec l'hospitalité généreuse qui leur est particulière ; mais mon bienfaiteur était mort, et son successeur me connaissait à peine. D'ailleurs Gisèle, quoiqu'elle eut à peine douze ans, ne pouvait, à cause de son sexe, résider sous le toit du monastère : il fallut songer à chercher un autre asile.

Je me rappelai alors que dans mon voyage avec le père gardien, il m'avait conduit visiter avec lui un grand astrologue de ses amis, très renommé et très savant, nommé Thomas de Pisan, qui avait une fille nouvellement mariée. Peut-être, pensai-je, cette jeune dame a-t-elle maintenant elle-même des petits enfants; il lui sera agréable d'avoir près d'elle une compagne douce et intelligente comme Gisèle pour l'aider à les soigner, en attendant que j'aie pu porter plainte au roi de France, et faire rendre ses biens à la fille de mes anciens maîtres.

Ce projet ayant été adopté par le chapelain, nous descendîmes ensemble à la demeure de l'astrologue; mais sa maison, que je reconnus, était pleine de gens de guerre, et occupée par un courtisan en faveur. On nous dit qu'à la mort du vieillard, la dame du castel, sa fille, avait également perdu son mari, lequel était notaire du roi et peu fortuné. Elle vivait actuellement avec ses trois enfants, dans une petite maison des faubourgs, du produit de sa plume, car elle était fort instruite, et chacun s'arrachait les livres qui sortaient de ses mains. Ces détails me faisaient hésiter à poursuivre mon projet, mais le chapelain insista. Si cette noble dame, me dit-il, connaît par elle-même les rigueurs de l'indigence, elle n'en sera que plus secourable aux misères d'autrui. C'est presque toujours le pauvre qui donne au pauvre avec le plus de cœur et de générosité.

Le chapelain avait dit vrai. Christine de Pisan, en apprenant notre histoire, en fut si touchée, qu'elle adopta Gisèle d'un mouvement spontané, en déclarant qu'elle ne se séparerait d'elle que quand je serais en âge de devenir son époux et de la protéger moi-même. Cette femme, dont la réputation est devenue si grande par ses écrits, supportait la mauvaise fortune avec une âme virilement trempée. Privée tout-à-coup de la brillante existence de son père, qui avait été l'ami et le confident du feu roi Charles V, arrachée à vingt ans, par une maladie cruelle des bras de son époux, triste, pauvre, délaissée, n'ayant d'autre ressource que sa plume, elle ne regrettait point d'user ses jours et ses nuits au travail, écrivant de nombreux volumes à la pâle lueur de sa lampe, au coin du foyer mal entretenu, pourvu qu'elle vît sourire et jouer autour d'elle ses chers enfants qui lui rappelaient tant d'amour et tant d'espérances évanouies.

— Vous arrivez bien, nous dit-elle en essuyant de grosses larmes après nous avoir entretenu longuement et chaudement de son mari, cette éternelle passion de sa vie que ses vers célébraient encore quinze ans après sa mort ; vous arrivez bien. Ce matin le duc de Bourgogne m'a fait appeler pour me dire qu'il se chargeait de l'avenir de mes garçons, et me commander d'écrire pour lui un livre qui me sera bien doux à faire : l'histoire du roi Charles-le-Sage, l'ami et le bienfaiteur de mon père. Il m'en a payé la moitié d'avance ; nous serons heureux pour longtemps.

Le chapelain, enhardi par la douceur et la simplicité de ces paroles, se hasarda de demander pourquoi elle ne cherchait point à obtenir la faveur de la cour et le paiement des grandes sommes qui avaient autrefois été promises à son père. Elle répondit par cette strophe d'une de ses poésies, où comme toujours il est question du défunt :

Seulette suis, et seulette veux être ;
Seulette m'a mon doux ami laissée ;
Seulette suis, sans compagnon ni maître,
Seulette suis dolente et courroucée ;
Seulette suis en langueur mésaisée,
Seulette suis plus que nulle égarée,
Seulette suis sans ami demeurée.

Prenant alors dans ses mains la tête blonde et toute frisée de Gisèle :

— Pauvre petite, lui dit-elle, tu resteras avec moi ; nous causerons ensemble, toi de ton mariage futur, moi de mon mariage évanoui, et nous vivrons en priant Dieu, le père de toutes les miséricordes, d'alléger pour ceux qui nous sont chers et la vie de ce monde visible, et celle du monde où vont les morts.

La maison qu'occupait Christine de Pisan était de mince apparence. Cependant elle avait un jardinet plein de verdure et de grandes fenêtres ouvertes au soleil. On s'empressa de dresser un lit pour ma sœur dans la chambre qu'occupaient les enfants, on lui donna une robe propre, du linge blanc, et force nous fut, au chapelain et à moi, d'accepter à dîner dans cette retraite du génie et de la simplicité.

Ce souvenir lointain est un des meilleurs de ma vie. Je vois d'ici cette femme, cette mère de famille, parée de la triple beauté de l'esprit, de la vertu et du corps. Les images qu'on a faites d'elle ne rendront jamais tout ce que son visage avait d'admirable, tout ce que son cœur avait d'exquise sensibilité. Je l'ai souvent revue depuis, j'ai vu le malheur s'acharner sur elle comme sur une proie, et sa santé s'user au travail pour soutenir sa famille; je n'ai jamais cessé de la regarder comme la personne la plus accomplie de ce siècle et la plus digne de tous les regrets de la postérité.

Ma chère Gisèle fit désormais partie de sa famille; elle ne pouvait trouver un guide plus éclairé et un asile plus agréable. Quant à moi, que les circonstances élevaient à la dignité de tuteur avant d'avoir l'âge d'homme, j'allai dès le lendemain demander du service dans la maison militaire du roi, cherchant une occasion d'obtenir justice des meurtriers de mon maître, et de me rendre digne par ma bravoure de l'honneur qui m'était réservé.

X

La cour était alors pleine de grands capitaines : le connétable de Clisson, Jehan de Saintré, Jean le Mengre, Boucicaut, Beaumanoir; mais en même temps des frères et des oncles du roi, le duc d'Orléans, le duc de Berry, le duc de Bourgogne, esprits remuants et ambitieux qui se disputaient les lambeaux de la pourpre. Un des amis de Christine de Pisan, le secrétaire royal, Alain Chartier, cet heureux poète que vous avez tous connu, et l'historien Froissard, dont déjà j'avais fait connaissance aux joûtes de Saint-Denis, s'intéressèrent à moi et me firent nommer écuyer dans la maison du roi.

A cette époque, Charles VI et sa jeune femme Isabeau, qui joignait toutes les séductions à celles d'un esprit pervers, tenaient une cour très brillante, où la principale occupation était le soin des fêtes et des festins, comme si la majeure partie du royaume n'eût pas été ce qu'elle est aujourd'hui, c'est-à-dire envahie ou menacée par les armées d'Angleterre.

Mais un événement aussi soudain que déplorable vint tout-à-coup changer la face des affaires : je veux parler de la folie du roi. Un jour, comme il sortait du Mans à la suite de son armée pour porter la guerre en Bretagne dont le duc l'avait mécontenté, pendant qu'il traversait la forêt par une chaleur très vive, et l'esprit visiblement préoccupé, un homme, vêtu singulièrement, s'élança tout-à-coup du milieu des arbres et saisit la bride de son cheval en disant : « Roi, ne chevauche pas plus avant, mais retourne, car tu es trahi ! »

Le roi marchait à côté des ducs de Bourgogne et de Berry, du sire de Coucy, du comte de Clermont et de don Pedro de Navarre. Deux pages portaient derrière lui l'un son casque de bataille et l'autre sa lance. Il était vêtu, comme au milieu de l'hiver, d'une jacque de drap d'or, recouverte d'un manteau ; un vaste chapeau de velours écarlate couvrait sa tête, un collier de grosses perles pendait à son cou ; la reine le lui avait donné en le quittant.

A l'apparition de l'homme mystérieux, qui pouvait bien n'être qu'un espion placé à dessein pour effrayer le roi, celui-ci ne manifesta point d'abord, comme on l'a dit, une crainte puérile ; il reprit au contraire paisiblement sa route et retomba dans ses rêveries. Mais au sortir de la forêt, le cortége se trouva engagé dans une plaine argileuse qui réfléchissait vivement les rayons du soleil. Il ne se faisait aucun bruit ; on n'entendait pas le pas des hommes et des chevaux qui marchaient sur le sable. Au milieu de ce silence morne, le page qui portait la lance du roi eut le malheur de la laisser glisser sur le casque qui était soutenu par son compagnon, et le choc qui en résulta fut assez vif pour rappeler brusquement Charles VI à lui-même. Par un mouvement spontané, le prince se retourne, il voit près de sa poitrine le fer de cette lance que l'on relevait. Il frissonne, sa tête se perd, sa raison s'égare ; il croit entendre le cliquetis d'armes meurtrières dirigées contre sa personne ; l'avertissement de l'inconnu lui revient, il tire son épée et s'élance en la brandissant contre ses pages. En vain les princes qui le suivent accourent vers lui pour le calmer, il s'emporte contre eux-mêmes et ne cesse de frapper qu'au bout d'une heure, après que son épée s'est brisée dans ses mains.

Il fallut pour le calmer qu'un chevalier normand sautant légèrement sur la croupe de son cheval et l'embrassant étroitement, lui ôtât l'usage de ses bras ; alors il finit par s'évanouir.

Cet événement eut les suites que vous connaissez. Le roi perdit la raison dans la force de l'âge et de la jeunesse ; le parti des princes, désormais appelés à gouverner le royaume, devint plus puissant que jamais, et l'Angleterre, battant des mains, trouva le moment propice pour une occupation générale du royaume.

On diminua la maison du roi, on le relégua dans les petits appartements du palais, on l'abandonna aux femmes ; la reine elle-même s'éloigna de lui, et c'est autour d'elle que se concentra désormais le centre d'action des seigneurs des Fleurs de Lys, dont son esprit léger ne lui laissait pas apercevoir les menées.

Malgré les instances que j'avais faites pour rester auprès de Charles VI, on m'avait, avec beaucoup d'autres jeunes écuyers, fait passer dans la maison d'Isabeau. Elle habitait alors l'hôtel Saint-Pol, et la petite cour qui l'entourait était loin d'y donner l'exemple de la vertu. Heureusement que pour me retremper j'avais de temps en temps la vue de Gisèle, l'exemple de l'infatigable Christine de Pisan, et les bons conseils des Pères cordeliers que je n'avais cessé de fréquenter. L'héritière de La Roche-Lambert grandissait à vue d'œil et se formait; l'historienne de Charles-le-Sage écrivait beaucoup et continuait à bien vendre ses livres; mais tous mes efforts avaient échoué pour obtenir justice des meurtriers de mon maître et des détenteurs des biens de sa famille.

J'atteignis ainsi l'âge de vingt-cinq ans, voyant de près toutes les misères d'une cour dont on a tellement parlé qu'il ne reste plus rien à en dire, et assistant à toutes les menées des ducs de Bourgogne et d'Orléans pour s'arracher l'un à l'autre le pouvoir et les faveurs de la reine.

Enfin vint ce fameux hiver de 1406, le plus rigoureux qu'on eût vu depuis cinq cents ans. La neige resta sur la terre pendant plus de trois mois, et il ne cessait de geler, de quelque côté que soufflât le vent. La violence du froid détruisit partout la vigne et les arbres fruitiers, fit périr bien des pauvres gens, et n'épargna ni le gros ni le menu bétail, ni les oiseaux; car la neige épaisse qui couvrait tout les privait de l'herbe des champs, du feuillage des arbres et de l'eau des ruisseaux. Les gelées furent si fortes qu'il y eut de la glace jusqu'au fond des puits, et que la navigation devint impraticable sur toutes les rivières. La glace acquit même une telle consistance, que les chariots chargés purent passer sur les fleuves comme sur la terre ferme.

Le roi, dont le mal n'avait plus depuis bien des années que de très rares intermittences, était devenu fou furieux. Depuis cinq mois entiers il s'était refusé à se laver et à changer de linge; rongé de vermine, couvert de plaies, il repoussait avec la fureur d'une bête fauve les serviteurs qui tentaient de l'approcher, et se jetait comme un loup sur la nourriture qu'ils lui apportaient. On prit le parti de le faire saisir par dix ou douze hommes barbouillés de noir et déguisés en monstres, qui le déshabillèrent, le lavèrent et lui mirent des habillements neufs, pendant qu'il était tout ébahi de peur.

Tous les maux semblaient fondre à la fois sur la France : la guerre des Anglais, la folie du souverain, la famine, les rigueurs de l'hiver, les dissensions des princes, les dissipations de la cour, lorsqu'arriva dans Paris la plus douloureuse aventure qui depuis longtemps fût advenue en un royaume chrétien.

Une nuit, que le duc d'Orléans avait passé la soirée à l'hôtel Montaigu, où la reine Isabeau était en relevailles de couches, rentrait à l'hôtel Saint-Pol, accompagné seulement de deux écuyers et de quatre ou cinq valets, comme il traversait la rue Barbette, un normand, Raoul d'Octonville, qui autrefois avait été destitué par lui d'un emploi dans les finances, sortit tout-à-coup d'une maison où il se tenait caché avec dix-sept spadassins gagnés d'avance, et se précipitant sur lui au cri de : *A mort! à mort!* du premier coup de hache il lui coupa le poing. Le prince eut beau crier qu'il était le duc d'Orléans : C'est ce que nous demandons, répondirent les meurtriers; et l'ayant tiré en bas de sa mule, ils se mirent à lui asséner sur la tête un si grand nombre de coups de hache, que la cervelle en vola par morceaux.

Les gens de la suite, épouvantés, prirent tous la fuite, à l'exception d'un flamand qui se jeta sur le corps inanimé de son maître, en s'écriant à diverses reprises : « Epargnez monseigneur d'Orléans, frère du roi ! » Les assassins ne pouvant le séparer de leur victime, le percèrent de mille coups et le laissèrent mort sur la place.

Le bruit de cet épouvantable événement arriva bientôt à l'hôtel Montaigu, où beaucoup d'officiers étaient encore debout pour leur service. Nous accourûmes. Déjà les gens de l'hôtel Saint-Pol et le peuple entouraient les restes du prince. Après que le prévôt de Paris eut dressé son procès-verbal, nous relevâmes le cadavre tout navré et détranché, et nous le portâmes en grande tristesse à l'église Saint-Guillaume, où les prêtres et ceux de sa maison le veillèrent toute la nuit, en disant vigiles et psaumes.

Le lendemain matin, tous les princes de la famille royale se réunirent pour les obsèques. Au milieu d'eux le duc de Bourgogne se montrait des plus affligés. Il assista aux funérailles qui se firent dans l'église des Célestins, et porta même un des coins du poêle.

On ne savait à qui imputer ce grand attentat, car d'Octonville n'était et ne pouvait être qu'un instrument. Les premiers soupçons portèrent sur le sire Robert de Canny; mais ce gentilhomme fut bientôt justifié par une révélation inattendue.

Le jour qui suivit les funérailles, comme le conseil royal s'assemblait à l'hôtel de Nesle (1), chez le duc de Berry, deux commissaires qui avaient été chargés d'entamer les enquêtes, vinrent déclarer qu'un des coupables était un valet de l'hôtel

(1) L'emplacement du célèbre hôtel de Nesle est aujourd'hui occupé par l'Institut.

du duc de Bourgogne, et demander à ce seigneur la permission de pénétrer dans sa demeure pour arrêter cet homme, car le droit d'asile existait encore en faveur de certains bâtiments dont celui-ci faisait partie.

A ces paroles, le duc Jean de Bourgogne parut fort ébahi et troublé. Louis de Sicile s'en aperçut, et le tirant à part : Beau cousin, lui dit-il, savez-vous quelque chose de ce fait ? dites-le moi, car aussi bien l'homme de votre maison sera pris. Le duc de Berry ayant joint ses instances aux siennes, Jean finit par leur avouer en pleurant qu'il était l'auteur de cet affreux attentat, et qu'il l'avait fait commettre par des mains étrangères.

Cet aveu fit trembler et frémir les confidents ; mais le duc de Bourgogne, promptement remis d'une émotion qu'il n'avait pu maîtriser, et sentant tout le poids de sa révélation, s'empressa d'échapper à la justice avant que les princes fussent sortis de leur stupeur. Il sortit de Paris avec une mince escorte et se mit à fuir, en faisant trente lieues par jour, jusqu'à son château de Bapaume. Quand on songea à le poursuivre, il avait déjà passé la frontière. Les autres conjurés avaient les premiers quitté Paris.

La duchesse d'Orléans était à Blois quand son mari fut assassiné. En apprenant cette mort si soudaine et si cruelle, elle se livra aux transports de de la plus vive douleur, car malgré son inconduite elle estimait en lui le beau guerrier et l'éloquent orateur qui lui avait donné deux enfants. Elle se rendit en toute hâte à Paris, et en appareil de deuil alla se jeter aux pieds du roi avec ses deux jeunes fils, pour demander justice et vengeance. Le roi la reçut avec bonté, et promit d'instruire le procès ; mais le lendemain de l'audience sa folie le reprit, et l'infortunée veuve comprit qu'elle n'avait d'autres ressources que de se tenir dans ses terres, à Blois, et de s'y fortifier jusqu'à ce que le ciel lui suscitât un vengeur.

Chose étrange ! non content d'avouer publiquement son crime et de défier la justice, le duc Jean eut l'incomparable audace de rentrer bientôt dans Paris, en grand appareil de guerre, comme s'il venait de remporter une victoire sur les ennemis du royaume ; et dans une audience solennelle, en présence de la reine et de tous les princes du sang, maître Jean Petit, un juriste normand, put prendre le loisir de développer en douze points que le duc de Bourgogne son client avait fait œuvre méritoire en faisant assassiner le frère du roi, parce qu'il était hérétique, sorcier, et qu'il avait cherché à empoisonner le roi : accusation aussi fausse qu'habilement combinée (1).

Trois jours après cette apologie du meurtrier du duc d'Orléans, la reine, qui s'était toujours montrée l'amie de ce prince, craignant sans doute d'être à son tour enveloppée dans quelque nouveau complot, se retira avec son fils dans Melun qu'elle se hâta de faire fortifier. Il ne fut pas autrement donné suite à cette affaire, jusqu'au mois de septembre de l'année suivante, époque à laquelle, devant ce même public qui avait écouté Jean Petit, et à la reqnête de l'inconsolable Valentine, maître Cerisy, bénédictin, réfuta le discours du cordelier normand, peignit avec force la noirceur de la trahison du duc de

(1) C'est aussi sous l'accusation d'hérésie et de sorcellerie que Jeanne d'Arc, un des auditeurs de La Hire, devait être brûlée un an plus tard.

Bourgogne, lava le feu prince des accusations intentées contre lui, et requit une réparation éclatante que le parlement fut chargé de déterminer, et que les princes s'engagèrent à soutenir par les armes. Mais tout cela n'aboutit qu'à faire un allié de plus à l'Angleterre.

XI

Les années qui suivirent ne servirent qu'à préparer la grande bataille d'Azincourt, dans laquelle l'Angleterre, profitant avec adresse de tous nos déchirements intérieurs, faucha la tête de la vieille chevalerie française et la détruisit à jamais.

Depuis longtemps la querelle s'envenimait entre les Français et les Anglais au sujet de la couronne royale, que ceux-ci prétendaient tenir par héritage. L'Angleterre, habilement dirigée par un gouvernement ferme, faisait en secret tous les préparatifs nécessaires à un envahissement définitif. La France, déchirée par les factions et sans volonté souveraine pour la diriger, ne vivait que de patriotisme, et voyait tous les jours diminuer l'enthousiasme de ses défenseurs.

Un jour on apprit que le roi anglais Henri V était descendu sur la plage de Normandie, entre Honfleur et Harfleur, à la tête d'une très forte armée. Rien n'était prêt pour le repousser. On essaya de proposer une paix dont le prince étranger fit les conditions si dures qu'elles étaient inacceptables. Alors la royauté appela à elle tout ce qui restait de noblesse au fond des provinces du royaume. Chose étrange, et qui marque bien quelles ressources gisent dans le patriotisme des français, quoique le pays fût pauvre et pillé depuis un demi-siècle, quatorze mille seigneurs répondirent à cet appel. En même temps on leva un décime sur le clergé, on emprunta de force aux prélats et aux gros bourgeois, on vida la mince escarcelle du pauvre peuple, on soudoya des bandes, et en peu de temps une armée de près de cinquante mille hommes se trouva prête. Par malheur on n'improvise pas aussi facilement un général qu'une armée, et celui qu'on mit à la tête de celle-ci, Charles d'Albret, n'avait aucune des connaissances de son état.

Les deux armées se rencontrèrent, le 24 octobre 1415 au soir, près du village d'Azincourt, non loin des rives de la Somme. La cohue féodale française s'entassa dans une petite plaine resserrée entre deux bois pour y passer la nuit. Les Anglais se logèrent plus au large dans les maisons du village de Maisoncelle et aux alentours. La nuit fut froide, sombre et pluvieuse ; les Français la passèrent à grelotter aux pieds de leur chevaux, les archers ennemis à faire de la musique et à préparer leur âme à la mort par la prière et le repentir.

Le jour se leva enfin. Les deux armées n'étaient qu'à une portée d'arc. Les Français, dans le plus grand désordre, qu'augmentait encore l'encombrement, se virent obligés, à cause du terrain détrempé où ils se trouvaient, de renoncer à l'attaque, car à chaque pas leurs chevaux s'enfonçaient dans les guérêts humides et s'abattaient. Le roi d'Angleterre au contraire excita les siens par une courte harangue, et quoique en nombre ils fussent plus de deux fois inférieurs aux Français, ils s'élancèrent la flèche et la hache à la main.

Le combat fut si terrible que je n'essaierai pas de le décrire. Je n'avais pas d'ailleurs le loisir d'en suivre le mouvement et les phases diverses, car le jeune duc Charles d'Orléans, fils du prince assassiné, que la reine m'avait spécialement chargé de protéger et de défendre, ne cessait de se porter de droite et de gauche où la mêlée lui semblait plus furieuse, et je ne voyais autour de moi que chevaux abattus, cuirasses ouvertes à coups de haches, casques volant en éclats avec les cervelles des chevaliers les plus braves, et retombant dans des mares de sang et des monceaux de cadavres qui pavaient littéralement le terrain.

D'énergiques efforts furent tentés pour disputer la victoire; mais toute manœuvre d'ensemble était impossible dans cette foule accourue la veille sans chef et sans discipline, et entassée dans un terrain trop étroit. Les Anglais restèrent maîtres du champ de bataille. Par une cruauté sans exemple, leur roi donna ordre de tuer sans merci les prisonniers, et de la sorte tout ce qui de la noblesse du royaume avait échappé aux armes et s'était rendu dans l'espoir de sauver sa vie par une rançon, selon l'usage, fut massacré de sang froid après la bataille.

Jamais la féodalité n'avait essuyé un pareil désastre. Courtrai, Créci, Poitiers, étaient surpassés. Sur environ dix mille français morts, on comptait plus de huit mille gentilshommes; le connétable fut trouvé parmi les morts. Cette journée funeste fut le tombeau de la chevalerie.

Le jeune duc d'Orléans, mon maître, au plus fort du combat, était tombé épuisé au milieu d'Anglais morts sous ses coups. A genoux près de lui avec un page, j'étais en train de panser ses blessures et d'étancher son sang, lorsque commença, sur l'ordre du roi d'Angleterre, la boucherie atroce dont j'ai parlé. On dit que le péril rend ingénieux. Pressé par la mort, je ne trouvai rien de mieux dans mon esprit que de traîner le prince entre les pattes d'un cheval mort, et de rejeter par dessus quelques cadavres anglais. Un petit détachement qui survint par bonheur au même moment, nous permit de soutenir le choc jusqu'à ce que la première effervescence des égorgeurs fut apaisée. Quand on trouva le prince blessé, mais respirant encore, la nuit avait ramené le calme sur le champ de bataille.

Ce fut un prêtre qui le découvrit en cherchant les mourants, une lanterne à la main, pour leur administrer les derniers secours. Une escorte nous conduisit à la tente du roi vainqueur, qui, après nous avoir dit que ce succès n'était qu'une punition de Dieu pour les excès auxquels s'abandonnaient les Français, donna ordre qu'on conduisît son prisonnier sous bonne garde jusqu'à Calais, pour de là être embarqué pour l'Angleterre. J'obtins d'accompagner cet infortuné prince. Je m'étais attaché à lui à cause de la grande douceur de son caractère et de la mâle beauté de son visage. Mais au moment de s'embarquer, il ne voulut pas me permettre de le suivre au pays ennemi. Il obtint ma rançon moyennant la promesse d'une légère somme, et me renvoya à la reine qu'il ne cessait de regarder comme sa protectrice. Hélas ! près de quinze ans se sont écoulés depuis ce fatal événement, et l'infortuné jeune prince gémit encore sous les verrous de la grosse tour de Londres, sans que personne ait songé à le racheter, n'ayant pour alléger sa douleur que la consolation frivole d'écrire de beaux vers.

XII

Quand j'arrivai au château de Vincennes, où depuis quelque temps la reine se tenait, je m'attendais à trouver la cour consternée et toute en larmes du malheur sans pareil qui venait d'accabler la France. Contrairement à mes prévisions, l'entourage royal était plongé dans les fêtes, les jeux, les mascarades et les voluptés de toute sorte. Ceux qui au milieu de ces occupations frivoles daignaient accorder un moment à la politique, se préoccupaient quelque peu de la querelle des Orléanistes et des Bourguignons, qui venait de renaître sous le nom d'Armagnacs et Bourguignons; mais des affaires de l'Angleterre il n'en était pour ainsi dire pas question, et personne ne se serait douté que toute la noblesse venait de périr pour s'opposer aux progrès de cette envahissante conquête.

J'avais un message pour la reine que je lui portai. Elle versa quelques larmes sur le sort du jeune prince qu'elle avait tant aimé, et me donna une bourse, en me recommandant de venir la voir le lendemain, parce qu'elle voulait, disait-elle, s'occuper de mon avenir.

Je volai à Paris pour annoncer cette bonne nouvelle à Gisèle et à sa protectrice. Il y avait longtemps que je ne les avais vues. Je les trouvai fort changées. Je n'eus pas de peine à m'apercevoir qu'elles avaient souffert. La misère avait fait place à la gêne dans ce pauvre ménage. Gisèle toussait et avait maigri ; son amie semblait séchée par les veilles. Je leur remis la bourse de la reine en leur répétant ce qu'elle m'avait dit. Cette nouvelle leur rendit un peu de joie : j'allais enfin être quelque chose, avoir un office. Je pourrais subvenir à leurs besoins, et du surplus de mes gages reprendre cette douce recherche de ma mère, que j'avais si souvent, depuis dix ans, reprise et laissée faute de fonds.

Mais le lendemain, quand je revins à Vincennes, je trouvai le palais vide. On m'apprit que le roi ayant recouvré un moment sa liberté et écouté quelques révélations sur la conduite de la reine, l'avait fait incarcérer à Blois pour y faire pénitence, sous la surveillance de maître Guillaume Carrel et de Jean Nicard, conseiller roi, sans le consentement desquels il lui était impossible même d'écrire une lettre.

Cette nouvelle m'acccabla autant qu'elle me surprit. Je voyais s'envoler ma fortune avec la faveur d'Isabeau, et je viens de vous dire que j'étais dans des conditions à avoir plus que jamais besoin d'un puissant protecteur. Christine et sa pauvre compagne comptaient tellement sur moi, et je les avais bercées de tant de promesses, que je n'eus pas le courage de rentrer à leur logis. Pour leur donner le change, au contraire, j'envoyai mon valet vendre un de mes chevaux et quelques vêtements de prix que j'avais, et en porter la valeur à mes amies, en leur disant que je partais pour quelques jours.

Un secret instinct me disait que je ne resterais pas longtemps sans rencontrer quelque aventure. En effet, dès le soir même il s'en présenta une des plus singulières. Comme je dînais, à la tombée du jour, dans un petit cabaret, rendez-vous ordinaire des aventuriers sans occupation, un personnage mystérieux, vêtu d'un long manteau noir, et la figure cachée sous son chaperon, s'approcha de moi, et après m'avoir demandé si je n'étais point le seigneur de Vignolles, me dit à voix basse qu'il ne tenait qu'à moi de gagner une somme considérable si je voulais partir pour Blois, et remettre à la reine une lettre qu'il me montra. Il appuya son raisonnement d'un sac de pièces d'or qui eussent certainement convaincu un homme moins besoigneux que moi. Je pris le sac et la lettre, et je partis sans argumenter.

Je n'eus pas de peine pour arriver jusqu'à Blois, mais il me fallut employer des ruses infinies pour parvenir à remettre mon message. Pendant que je cherchais dans ma cervelle une combinaison pour arriver jusqu'à la reine, à l'insu de ses geôliers, j'appris qu'elle avait déjà quitté cette ville. Sur un ordre de Charles VI, on avait transporté la prisonnière à Tours, où elle était surveillée pus sévèrement que jamais.

Enfin, par l'entremise d'un cordelier, je parvins à lui faire tenir ma lettre. Le messager revint me dire que sa majesté avait été fort satisfaite, et que j'aurais bientôt de ses nouvelles.

En effet, l'explication de ce mystère ne se fit pas attendre. Au commencement de la semaine suivante, Jean de Bourgogne étant accouru subitement, avec l'élite de sa gendarmerie, fit entourer l'église de Marmoutiers, où ce jour là la reine était venue entendre la messe comme par hasard, arracha la princesse à ses gardiens, et se sauva avec elle vers Chartres. Je les suivis dans l'espoir d'une grosse récompense. On m'en donna une qui n'était que médiocre, mais en me remerciant de vive voix du service que j'avais rendu à ma souveraine. Le duc Jean me fit entrevoir que je serais pour jamais à l'abri du besoin si je voulais me charger d'un second message qu'il me montra pour le roi d'Angleterre. Je lui répondis que si ce message était contraire à l'intérêt de la France je refusais.

Alors il répliqua qu'il était aussi bon français qu'aucun gentilhomme qu'il y eût. Sur cette assurance je me décidai à partir.

Le roi Henri V était en ce moment à Calais. Son chambellan, qui me reçut, me fit beaucoup d'accueil. Comme il ne doutait pas que je ne fusse un des plus chauds partisans du duc de Bourgogne, il m'entretint de diverses choses qui ne tardèrent pas à me faire soupçonner que j'étais tombé dans un piége, et que je servais, sans m'en douter, les intérêts du prince étranger. Cette découverte me remplit de tristesse. Je me voyais dans la nécessité de tremper la main dans un complot ou de renoncer à la somme considérable qui devait être le prix de mon voyage. Cependant un gentilhomme ne devait pas hésiter : je n'hésitai pas. Ma résolution fut prise aussitôt.

Le chambellan m'avait quitté en me recommandant de venir le lendemain matin chercher les instructions que son maître devait me remettre pour le duc de Bourgogne. Je résolus de partir sans attendre le lever du jour. Rentré à mon auberge, je m'empressai de faire mes préparatifs de départ, et aussitôt que les bourgeois furent couchés et les rues désertes, je me mis en devoir de fuir. Mais au moment de sortir de la ville, un obstacle que je n'avais pas prévu m'arrêta. Les portes des murailles se trouvèrent fermées, et il me fut impossible de les faire ouvrir, malgré toutes mes instances. Vous allez voir comment Dieu, qui ménage toutes choses, avait attaché à cette circonstance un des plus grands bonheurs de ma vie.

Il était trop tard pour rentrer à l'hôtel ; d'ailleurs je craignais d'éveiller quelque soupçon. Comme il ne restait que deux ou trois heures de nuit, et que les portes devaient s'ouvrir au petit jour pour rendre les chemins à la circulation, j'avisai dans une rue écartée un petit couvent devant lequel brûlait une lanterne. J'y conduisis mon cheval, je passai, suivant la coutume des soldats, sa bride dans mon bras, et m'étant soigneusement enveloppé dans mon manteau, je me blottis le long de la muraille pour y attendre impatiemment le retour de la lumière et de la liberté des chemins.

Je n'étais pas depuis dix minutes en cette étrange position que des gémissements, des lambeaux de pierres, des éclats de voix qui semblaient sortir de l'intérieur même de la muraille vinrent m'avertir que je n'étais point seul en ce lieu retiré, et qu'un être vivant respirait à quelques pas de moi. Désireux de savoir à quel voisin j'avais affaire, j'allai décrocher la lanterne, et l'ayant approchée de la muraille, je me trouvai en face d'une grille derrière laquelle reposait une sachette, c'est-à-dire une de ces pénitentes, assez rares aujourd'hui, qui se condamnaient à passer leur vie dans une sorte de cachot souterrain, où elles ne vivaient que des aumônes que la piété des passants déposait près de la grille de leur prison.

Celle-ci était une femme âgée et très maigre, vêtue de lambeaux d'étoffes, et tenant en main un gros chapelet qu'elle récitait en se traînant sur les genoux d'un bout à l'autre de la cellule.

Quand elle m'apperçut, elle demeura un instant comme interdite; puis fixant des yeux égarés sur le pommeau de l'épée que je portais à ma ceinture, elle passa son bras à travers la grille en me suppliant de lui montrer cette arme. J'obéis comme on se rend au désir d'un enfant ou d'un fou, sans attacher à cela d'autre importance que la satisfaction d'une curiosité vulgaire. Mais quelle ne fut pas ma surprise lorsque, après avoir longtemps considéré les armoiries qui, comme je vous l'ai dit, étaient gravées en cet endroit, la sachette me regardant de nouveau plus curieusement que la première fois, s'écria en fondant en larmes :

— Jeune homme, cette épée vous viendrait-elle du sire de Vignolles?

— Je crois que oui, répondis-je en la regardant à mon tour.

— Oh ! parlez, parlez ! s'écria-t-elle.

Je lui racontai la partie de mon histoire qui était relative à la possession de cette arme entre mes mains.

Elle poussa un cri déchirant.

C'était ma mère !...

Je ne saurais vous peindre la scène qui suivit. Ma langue rude de soldat n'a point de mots pour les émotions de cette nature. J'expliquai en peu de mots à celle que j'avais tant cherchée dans quelle position critique je me trouvais à Calais : elle m'aida elle-même à briser les barreaux de sa prison volontaire, et montant à cheval derrière moi, nous profitâmes de l'ouverture des premières portes pour quitter précipitamment la ville et prendre à grandes journées la route de Paris, où nous arrivâmes, grâce à Dieu, sans encombre, après sept à huit jours de marche.

XIII

Ma mère était une femme d'un grand sens et d'une prodigieuse activité d'esprit que l'âge ni les austérités n'avaient pu affaiblir. Chemin faisant elle me raconta toute sa vie et celle de mon père. Ce n'était qu'une suite de malheurs et de déceptions, mais des malheurs noblement supportés et des déceptions offertes à Dieu par des âmes résignées. Les Vignolles n'avaient jamais possédé que leur épée. Devenue, elle, fille d'un riche marchand, l'épouse d'un capitaine d'aventures, elle avait partagé sans se plaindre pendant quinze ans sa vie périlleuse et misérable. Puis mon père avait été tué; elle était tombée aux mains des ennemis, et en fuyant, ne pouvant emporter avec elle son enfant, malingre et chétif, elle l'avait confié à la Providence de Dieu. Le père commun des hommes en avait pris soin mieux qu'elle n'eût pu faire, puisqu'elle le retrouvait vigoureux, intrépide et chevalier.

C'était au commencement du printemps ; Christine et sa famille se promenaient en attendant l'heure du dîner dans le petit jardin attenant à la maisonnette, et regardaient avec curiosité l'épanouissement des premières fleurs sous les rayons du soleil. A tous les âges de la vie ce spectacle des jeunes feuilles qui sortent de leur enveloppe cotonneuse pour s'épanouir à l'air tiède, ces fleurs aux corolles délicates qui sortent de terre comme des perles vivantes à l'appel du printemps, produit une émotion douce qui est comme le présage de la mystérieuse résurrection de ceux que nous avons aimés. Mais dans la jeunesse, ce sentiment s'embellit encore de je ne sais quelle sympathie pour toutes ces délicates pousses, dont le merveilleux développement nous attire et nous charme. Nous arrivâmes au milieu de leur admiration qui ne fit que changer d'objet en apprenant par quel étrange chaîne d'événements ma mère m'avait été rendue.

Gisèle était devenue grande. Elle avait rougi en me voyant revenir. Quand elle sut que ma mère était instruite de son histoire et de nos projets, elle vint à elle comme une fille reconnaissante lui présenter son front à baiser.

Autour de la table hospitalière, la connaissance s'acheva bientôt. Il fut convenu que Christine et ma mère s'occuperaient sans plus tarder de solliciter d'un parent de ma famille, qui avait une charge à la cour, une audience royale qui pût les mettre à même de revendiquer une indemnité pour les biens perdus du sire de La Roche-Lambert, que les Anglais occupaient toujours. Ma mère, de son chef, possédait aussi un petit héritage qu'il était important de rechercher. Dès que ces affaires seraient réglées, on devait s'occuper de mon mariage qu'il était important de ne pas différer plus longtemps.

Je n'ai pas besoin de dire avec quel zèle ma mère et sa compagne se mirent à l'œuvre dès le lendemain : elles travaillaient pour leurs enfants. Pendant les longues absences que ces démarches nécessitaient, comme je n'avais plus d'emploi, je restais à la maison avec Gisèle et les enfants de Christine. Je ne tardai pas à m'apercevoir que la santé de cette sainte jeune fille était beaucoup plus altérée qu'elle n'avait voulu jusque-là le laisser soupçonner. Il fallut bientôt abandonner tout autre soin pour ne songer qu'à la soulager. Un médecin fut appelé et déclara, en secouant la tête, qu'elle ne verrait pas mûrir les fruits.

Elle n'avait point de maladie aiguë, mais une secrète langueur s'était emparée de tout son corps et la rendait incapable d'exécuter sans douleur le moindre mouvement. Il lui devint promptement impossible de quitter le lit. Elle comprit son état la première et s'y résigna avec une douceur qui tirait des larmes des yeux de tous ceux qui la connaissaient.

Lorsque j'essayais de la consoler et de lui rendre un peu d'espérance, elle me prenait par les mains et me disait :

— Mon pauvre Etienne, ce n'est pas moi qu'il

faut plaindre puisque je m'en vais vers Dieu, auprès duquel se trouve déjà toute ma famille, mais vous auprès duquel il m'eût été si bon de vivre pour vous aider à supporter les dures épreuves de votre vie tourmentée ; mais, n'ayez peur, la vie ne dure qu'un temps, et nous nous retrouverons dans un monde meilleur.

Sentant venir son dernier jour, elle manifesta à ma mère le désir que nous fussions unis par un prêtre avant de nous séparer. C'était une dernière marque de tendresse par laquelle son âme voulait s'unir à la mienne. Le prêtre qui la confessait ne rejeta point ce dernier vœu d'une mourante. Un matin d'avril, son lit fut transformé en chapelle ; on mit des fleurs partout, on la vêtit de blanc, on attacha sur son front le voile et la couronne des fiancées, et, entre les mains du ministre des autels, elle reçut mon serment.

Pendant toute la cérémonie elle avait paru radieuse ; ses grands yeux si beaux avaient pris un nouvel éclat, un sang plus vif colorait ses joues, on eût dit que la santé allait revenir : elle seule ne s'y trompa pas.

— Maintenant, dit-elle en souriant, quand le prêtre eut passé dans son doigt l'anneau nuptial, maintenant je puis t'embrasser, mon pauvre Etienne ; je puis te remercier des soins que tu as pris de mon enfance et du zèle que tu as mis à me chercher une seconde mère dans la personne de madame de Pisan ; embrasse-moi, mon ami, donne-moi tes mains que je les presse sur mon cœur ; je ne murmure point contre Dieu, je suis assez heureuse, j'ai assez vécu puisque j'ai été ta femme. Adieu !....

En prononçant ce dernier mot, une crispation serra ses mains sur les miennes, et pendant que nos lèvres étaient unies ; son âme se sépara de son corps.

Qu'ajouterai-je? vous savez qu'un malheur n'arrive jamais seul. Je venais de voir s'éteindre la seule passion de ma vie ; quelques jours après le ciel m'enleva ma mère, avant même que j'aie pu apprécier toutes ses qualités.

Vous avez tous entendu parler de cette nuit fatale du 29 au 30 mai 1418, où les Bourguignons entrèrent dans Paris par la trahison d'un petit bourgeois appelé Perrinet Leclerc, qui avait été battu par les gens du roi. Cette entrée se fit en bon ordre, vers deux heures du matin. Les Bourguignons, en petit nombre, n'osaient d'abord mener grand bruit; mais peu à peu quelques bourgeois et beaucoup de vauriens s'étant joints à eux, ils purent attaquer les Gascons de la faction d'Armagnac et s'emparer de la personne du roi. Alors seulement, ayant repris de l'audace, ils commencèrent à piller toutes les maisons où l'on ne criait pas, où on ne faisait pas comme eux. Vous savez tous à travers combien de périls le prévôt Tanneguy du Châtel parvint à sauver la personne auguste de notre jeune dauphin qui demain sera sacré roi. La pauvre maison de Christine de Pisan était toute pleine de deuil. Personne ne songeait à crier avec ou contre les assaillants. Ils s'y ruèrent comme des furieux, et sans écouter aucune explication, égorgèrent les deux femmes; et moi, homme d'épée, je fus témoin de ce double meurtre sans pouvoir l'empêcher.

A dater de ce jour je jurai une haine éternelle au parti bourguignon. J'allai trouver un capitaine de bande qui servait pour les Armagnacs; je servis sous lui. La mort vint bientôt nous enlever notre chef : le comte Bernard d'Armagnac fut massacré dans Paris. Le capitaine que je servais prit alors parti pour cette faction que semblait commander le dauphin, et qui se composait de tous les ennemis de la Bourgogne; je l'imitai. Nous assistâmes ensemble à la tragique entrevue de Montereau. Le soir de cette journée, quand j'appris que le duc Jean avait été massacré au milieu du pont par des traîtres, j'en bénis Dieu. C'était, selon moi, une punition bien méritée. Mais depuis mes esprits se sont calmés, et tout en restant l'ennemi de la Bourgogne, j'ai appris à reconnaître que dans toutes les guerres il y a une main, une volonté plus puissantes que les chefs, la main de la justice, la volonté de Dieu; et depuis lors je m'incline quand j'apprends la nouvelle d'un grand malheur, sans chercher à sonder les impénétrables secrets de la Providence.

XIV

Les auditeurs de La Hire l'avaient écouté avec une vive attention, et malgré la longueur de son récit, personne ne paraissait fatigué de l'entendre.

Dunois vint lui serrer la main en apprenant qu'il avait été un des premiers à accourir sur le théâtre du meurtre de son père.

Jeanne d'Arc, qui n'avait pu retenir ses larmes en entendant raconter la mort tragique de la pauvre Gisèle, vint lui sauter au cou.

— C'est bien, mon vieux La Hire, lui dit-elle; ce que vous avez fait là est digne d'un grand cœur.

— Hélas ! répondit tristement le vieux capitaine, quand on est jeune, le cœur est tout plein de belles illusions ; mais à mesure que les années viennent, l'esprit comme le corps doit s'incliner vers la tombe.

Un personnage que personne n'avait remarqué au milieu des assistants se leva à son tour : c'était le fou du roi, le récent inventeur du jeu de cartes.

— Et moi, dit-il en s'adressant au public, je cherchais dans l'histoire un personnage pour tenir le rôle de valet de cœur dans le jeu royal, je ne le chercherai plus. Le valet de cœur sera La Hire.

LA MORT DE JEANNE D'ARC

ET

LE CONVOI D'ISABEAU DE BAVIÈRE.

MORT DE JEANNE D'ARC.

N'est-ce pas une des gloires les plus grandes et les plus pures de la France, que cette héroïque jeune fille enlevée à ses champs par la volonté du ciel, et entraînant tout un peuple contre un ennemi détesté, mais fort et victorieux? Quand on la voyait passer, armée tout en blanc, ses cheveux blonds sur les épaules, un étendard à la main, sur son grand coursier noir, chacun saisissait son épée, sa fourche ou sa faux, et courait aux Anglais. Les vieux et intraitables pillards de la guerre de Cent-Ans ne se reconnaissaient plus, et La Hire lui-même, n'osant blasphémer devant Jeanne, jurait par son bâton. Grâce à elle, Charles VII, sacré à Reims, pouvait se dire roi de France; il la récompensa en la laissant mourir. Jeanne en effet ne devait plus revoir son village de Domremy, et ces champs où pour la première fois lui avaient parlé des voix mystérieuses. Les Anglais la tenaient enfin « cette sorcière » devant qui l'Achille anglais, Talbot, avait fui, et d'avance ils l'avaient condamnée; mais une honte éternelle pèsera sur les hommes qui ont osé commettre un tel crime, sur les Bourguignons qui la vendirent, sur l'évêque de Beauvais qui la jugea, sur les Anglais qui la brûlèrent.

C'était le 30 mars 1431. La sentence était prononcée, et le bûcher s'élevait à Rouen, sur la place du Vieux-Marché. Dès le lever du jour, Jeanne vit arriver dans sa prison le frère Martin l'Advenu, qui, pendant tout le procès, l'avait soutenue et consolée de ses paroles; il venait lui apprendre la fatale nouvelle. « Ah! s'écria la pauvre fille, faudra-t-il » donc que mon corps si pur soit aujourd'hui con- » sumé par le feu? Ah! j'aimerais mieux être déca- » pitée sept fois que brûlée! » Un prêtre lui apporta le sacrement de l'Eucharistie, et Jeanne sortit de prison, accompagnée des frères Martin l'Advenu, Isambart et Jean Massieu. Ces trois hommes, malgré les terribles menaces des Anglais, avaient seuls eu le courage de la défendre, et voulaient l'accompagner jusqu'au bûcher. Elle portait une longue robe noire, et sur la tête une espèce de mître où étaient écrits ces mots : *apostate, hérétique, sorcière.* Huit cents hommes d'armes entouraient la charrette et repoussaient le peuple avec des jurons et des menaces. Le cortége funèbre déboucha sur la place du Vieux-Marché où l'on avait élevé trois échafauds : le premier destiné aux juges, le second à quelques ecclésiastiques gagnés par l'or anglais. Sur le troisième s'élevait le bûcher. Quand Jeanne vit les apprêts de son supplice, tout son corps frémit, les larmes jaillirent de ses yeux. « Ah ! Rouen, Rouen, dit-elle, seras-tu donc ma dernière demeure ! »

Amenée aux pieds des juges elle entendit la sentence qui la livrait au bourreau ; pour toute réponse elle se mit à genoux, les suppliant de prier pour elle, et de lui pardonner le mal qu'elle avait pu leur faire. Pas un d'eux, si dur qu'il fût, ne put s'empêcher de pleurer. La sentence prononcée, Jeanne demanda une croix ; un Anglais lui en fit une d'un bâton coupé en deux, et la lui tendit en riant. Jeanne la prit et la baisa, mais elle supplia le frère Isambart d'aller à l'église voisine lui en chercher une autre ; et quand elle lui fut apportée, elle la serra sur son cœur, se recommandant tout bas à Dieu. Les Anglais commençaient à murmurer, le supplice n'arrivait pas assez vite. « Eh bien ! prêtre, disaient-ils grossièrement à Jean Massieu, nous ferez-vous dîner ici? Puis s'adresant au bourreau : « Fais ton office ! » lui criaient-ils. Enfin deux sergents d'armes saisirent Jeanne et l'amenèrent au pied d'un énorme bûcher supportant un échafaudage de plâtre, au sommet duquel la victime enchaînée attendait une mort lente et douloureuse. Jeanne y monta, soutenue par Martin l'Advenu et Isambart ; elle était calme et résignée, elle avait même son sang-froid, car voyant la flamme gagner peu à peu, elle en avertit frère Martin et le pria de descendre. A ce moment l'évêque de Beauvais s'approcha pour la voir. « Ah ! monseigneur, lui dit-elle » doucement, c'est par vous que je meurs ! » L'évêque s'enfuit. Il se trouva cependant des misérables qui eurent le courage de rire ; l'un d'eux avait promis à ses camarades de porter un fagot au bûcher de la « sorcière ; » il le fit, mais revint épouvanté ; il assurait avoir vu sortir de la bouche de Jeanne une colombe qui avait pris son vol vers les cieux. Cet homme mourut dans la journée. D'autres se sauvèrent, criant à haute voix : « Malheur à nous, nous avons tué une sainte ! » Cependant les flammes et la fumée avaient enveloppé Jeanne, on ne la voyait plus, mais on l'entendait invoquer Dieu ; et le dernier mot qui sortit de sa bouche fut celui de Jésus.

Les cendres de la noble fille furent jetées à la Seine ; mais son âme était restée parmi nous ; elle emplissait nos soldats et nos capitaines, et vingt-deux ans après la mort de Jeanne il n'y avait plus d'Anglais en France.

LE CONVOI D'ISABEAU DE BAVIÈRE.

Les voiles de la nuit enveloppaient la terre,
Et dans les arbres noirs la lune, avec mystère,
Jetant de ses rayons l'éclat pâle et tremblant,
Eclairait un cercueil couvert d'un linceul blanc.
Des feux légers, errant sur les eaux de la Seine,
Dirigeaient un esquif vers la rive prochaine,
Et des hommes marchaient, faisaient trembler le bord
De leurs pas ralentis sous le poids de la mort.
Des voix qui se mêlaient au murmure de l'onde
Semblaient nous annoncer, par un chant solennel,
Qu'une vierge de moins gémissait dans ce monde,

Et qu'un ange de plus souriait dans le ciel.
Et moi je m'avançai pour pleurer l'innocence,
Pour voir si le trépas ressemble à l'espérance,
Si la vierge appelée au céleste séjour
Conserve dans ses traits des souvenirs d'amour.
Mais je n'aperçus point les pieuses offrandes,
Les emblêmes touchants, les voiles, les guirlandes,
Et je cherchais encor d'un regard attristé
Ces fleurs que la mort même accorde à la beauté.
Tout-à-coup d'un flambeau la rapide lumière
Me montra le convoi d'Isabeau de Bavière.

En signes menaçants, sur ce front réprouvé,
L'anathème éternel semblait être gravé,
Et d'un ange vengeur au cercueil poursuivie,
Sa mort m'épouvanta presqu'autant que sa vie.
Je ne pus soutenir ce spectacle odieux :
Ses crimes tout vivants passaient devant mes yeux.

Parjure à ses serments, femme et reine adultère,
Dans le sein de la France appelant l'Angleterre,
Humiliant nos lis sous de honteuses lois,
Elle affligea longtemps le règne des Valois;
Sur leur trône orageux funeste passagère,
Son peuple lui garda le nom de l'étrangère.

Silence... elle fut reine! et l'on voyait encor
Briller sur son front pâle une couronne d'or.
Point de peuple à sa suite, et surtout point de larmes;

Un simple chevalier revêtu de ses armes,
Un serviteur comme elle à la France étranger.
Dieu seul en ce moment semblait la protéger;
La prière, montant sur ses ailes de flamme,
Ne désespérait pas du salut de cette âme.
La grande croix d'argent, les grands cierges bénits,
Par des sentiers étroits marchaient vers Saint-Denis.
Et d'un pieux respect conservant l'apparence,
Des moines tristement conduisaient son cercueil,
Pour qu'il ne fût pas dit qu'une reine de France
Descendit au tombeau sans cortége et sans deuil.

LE COMTE JULES DE RESSÉGUIER.

FIN.

Limoges. — Imp. F. F. Ardant frères.

www.ingramcontent.com/pod-product-compliance
Ingram Content Group UK Ltd.
Pitfield, Milton Keynes, MK11 3LW, UK
UKHW020254250726
13967UKWH00004B/1670

9 782012 937987